Jennifer
Fieldworth

Douglas („Dugg“)
S. Fieldworth

ranz Gaudenz Kaspar
eldenwerth-Tragans
hmals: Frank Fieldworth)

Judith
Salomon

Freifrau
Annina von
Guelfenburg

Wilhelm
Hyazinth Gundakar
Feldenwerth-Tragans

Verena von
Brandhuber

Herbert Rosendorfer

Huturm

FolioVerlag
Wien | Bozen

Herbert Rosendorfer

Huturm

Nachrichten aus der Tiefe der Provinz

Roman

TransferBibliothek CXV

Die Drucklegung erfolgte mit freundlicher Unterstützung durch die Abteilung für deutsche Kultur in der Südtiroler Landesregierung über den Südtiroler Künstlerbund.

Umschlagmotiv: bpk (Bildagentur für Kunst, Kultur und Geschichte) / Max Löhrich (1936)

Graphische Gestaltung: Dall'O & Freunde
Printed in Austria

ISBN 978-3-85256-598-9

www.folioverlag.com

Für Walter Obermaier
herzlich und in Freundschaft

1.

Die Frage nach einem christlichen Begräbnis (oder nicht) tauchte nicht auf, denn *er* tauchte nie mehr auf, jedenfalls nicht als, wie soll man sagen: faßbare, greifbare Person: P. Sigisbert OSB, getauft Nikolaus wie sein Vater, wie schon der Großvater und vermutlich auch Urgroßvater. Immer Nikolaus, lauter Nikolaus. Der jüngste Nikolaus, der letzte Nikolaus ging ins Kloster, bei der Ewigen Profeß dann: Sigisbert. Ins Kloster St. Isidor, bedeutendes, berühmtes Stift, agilolfingisches Eigenkloster und so fort, hochbarock umgestaltete Kirche unter Abt Protasius II. Graspichler (1711–24) und so fort. Der ganze Huturmer See gehörte dem Kloster samt Fischen und Krebsen und Fröschen. Reiche Fastennahrung. Seinerzeit vieldiskutiert die Schrift – auf lateinisch –, ob die wilden Vögel, die im Wasser schwimmen, wenn sie nicht fliegen, zur Fastenspeise zählen oder nicht. Sie ernähren sich ja ausschließlich von Fischen, Krebsen und Fröschen, also ... lateinisch, wie gesagt, mit einer drei Zeilen langen Überschrift. Verfasser: P. Cordulus Aufschnaiter OSB im Jahr 1632. Hochgelehrter Mann, dieser P. Cordulus, wurde trotzdem abgelehnt, die Curie in Rom folgte seiner Argumentation nicht: Seevögel = keine Fastenspeise.

Sie aßen halt dafür mehr von den Karpfen und Forellen, es gab ja genug damals, mehr als genug. Heute nicht mehr.

P. Sigisbert – er war damals schon der älteste Mönch im Stift. Traurig: nichts zu machen.

„Nichts zu machen?“

„Nichts zu machen.“

P. Sigisbert ging den langen, langen Flur hinunter, den grellweiß getünchten Flur. Schwarze Türrahmen, schwarze Türen, nur ein ganz großes schwarzes Kruzifix ungefähr in der Mitte des Flures, auf der anderen Seite, den Türen gegenüber, die lange Reihe von Fenstern, gingen auf den See hinaus, der heute grau war.

„Nichts zu machen“: das Wort rollte wie Staub durch den Flur.

Ein Commissarius war gekommen aus Wien. „Nichts zu machen. Das Kloster ist aufgehoben.“

„Mein Jesus Barmherzigkeit …“

„Ihr seid nicht die einzigen. Nicht das einzige Kloster.“

„Nichts zu machen?“

„Es gibt halt zu viele Klöster. Meint man.“

„Meint man?“

„Meint man.“

„Und der hochwürdigste Herr Bischof?“

„Muß selber froh sein, daß es ihn noch gibt.“

„Wie bitte?“

„Nichts, nichts. Der Bischof ist einverstanden. Der Papst auch. Nichts zu machen.“

Lange kein Wort.

Dann: „Wo sollen wir hin?“

„Werdet schon irgendwo unterschlupfen. Gibt’s genug, wo man einen *Koprater* oder Pfarrprovisor oder was braucht.“

„So. Ja. So.“

„Ist halt eine neue Zeit.“

P. Sigisbert war vierundachtzig Jahre alt, oder fünfundachtzig. Man wußte es nicht so genau, die Eintragung ins Taufregister damals: ungenau, verwischt, schwer zu lesen. Spielt ja auch keine Rolle ein Jahr hin oder her.

Er ging in den See. Er nahm heimlich die Monstranz nach der letzten Vesper und ging mit ihr in den See. Eine wertvolle Goldschmiedearbeit, mit Perlen und Edelsteinen besetzt, gestiftet von der Kaiserin Eleonore –

– ging damit in den See, wurde nie gefunden, tauchte nie auf, weder er noch die Monstranz.

2.

Ursprünglich kamen sie vom Rhein: uraltes = uradeliges = edles Geschlecht. „Von Beruf Blutsauger“, sagte der Lehrer Hahn, aber das wußte man, daß der ein 48er war, einer, der, ist noch gar nicht lange her, nach der Laterne geschrien hatte, an die man SIE knüpfen soll. Nein, direkt selber – eigenhändig – hat er keinen von den „berufsmäßigen Blutsaugern“ an die Laterne geknüpft und auch nicht woandershin, aber geschrien schon.

Danach hat er sich wieder geduckt, na ja, hatte Weib und Kind und so fort. Aber in der Hauptstadt nicht mehr, in die Provinz hinausgeschlenzt, in die hinterste solche, nach Huturm am See, wo früher das Kloster war, dort soll er schreien, wieviel er will, die Bauernschädel verstehen es eh nicht, und der Fürst wird ja nicht grad dem Ratschlag des Lehrers Hahn folgend seine Jagdgenossen an die Laternen knüpfen, die es in Huturm auch gar nicht gibt, und auch nicht eventuell an die Bäume im Wald, von denen es genug gibt (und die alle, fast alle, neunzig Perzent, dem Fürsten gehören).

Also das Kloster *war* nicht, *ist* noch, aber nur das Gebäude, „die Gebäulichkeiten“, zum Teil frühromanisch, noch Fundamente vorhanden, auch gotische Teile und so fort. Vom Barock des verdienstvollen, kunstsinnigen Abtes Protasius II. Graspichler (1711–24) wurde schon gesprochen. Fresken von der Hand Damian Scherers d. J. oder zumindest *Schule bzw. Umkreis D. Scherer d. J.*, war alles noch da, nur „ging nicht mehr“, wie eine Uhr, die stehengeblieben ist. Oder besser gesagt, eine Uhr, die man nicht mehr gebraucht hat, die vielleicht ständig nachgegangen ist und die man achtlos in eine Schublade geworfen hat. Wenn nicht gar: Hammer draufgeschlagen.

Die Kirche war jetzt Pfarrkirche, das Kloster *Schloß*, im ehemaligen Wirtschaftstrakt das Schulhaus, und dort unterrichtete der Lehrer Hahn und schrie zwar nicht mehr, aber solche Reden gab er schon von sich, von wegen: „Blutsauger, Bauernschinder, Geschwüre am Körper des Volkes."

Aber der Fürst, sozusagen sein Nachbar, grüßte ihn doch freundlich. „Na, Hahn? Immer noch Revolutionär? Und sonst? Hat Ihr Sohn immer noch den Keuchhusten? Wissen Sie was, ich laß' Ihnen ein Glas Honig hinüberschicken."

„Dank' schön und bestens, Herr Fürst." (Zu *Durchlaucht* konnte sich der Lehrer nicht bewegen. Das hätte ihm den Gaumen gespalten.) Er mußte, zum Beispiel seiner Frau gegenüber, zugeben, daß der Fürst ein recht umgänglicher Mensch war, mit einem redete wie – ja, wie ein Gewöhnlicher.

Aber:

„Blutsauger, Bauernschinder!", haute nicht mit der Faust auf den Tisch, das nicht mehr, aber tupfte mit dem Zeigefinger neben das Bierglas.

„Aber Herr Lehrer, welchen Bauern schindet die Durchlaucht", der Herr Pfarrer lachte, nahm einen Schluck. (Es war eher selten, daß der Lehrer in den *Silbernen Hammel* ging, durfte aber schon an dem Tisch im Erker Platz nehmen.)

„Heut' nicht mehr, Herr Pfarrer" (auch zu *Hochwürden*, wie man eigentlich und ordentlich sagte, sogar Durchlaucht sagten, konnte sich der Lehrer nicht finden; auch was er so über die Kirche im allgemeinen murmelte …), „aber früher. Die reinsten Raubritter."

„Ja früher – früher! Früher ist nicht heute, Herr Lehrer."

„Abszeß am Körper des Volkes."

„Es ist eben so."

„Leider."

„Was heißt leider. Es ist eben die gottgewollte Ordnung. Es gibt ein Oben und ein Unten. So gebt dem Kaiser …"

„Ich weiß, Herr Pfarrer, Matthäus 22, 21 –"

(Ob auch der Pfarrer die Stelle so genau nach Kapitel und Vers zitieren hätte können?)

Wie dem auch sei: ursprünglich vom Rhein. *Feldenwerth-Tragans* oder so ähnlich. Herren von – später Freiherren von – noch später in den Grafenstand erhoben (durch den Kurfürsten von der Pfalz als Reichsvikar) –

Es fällt auf, wenn man – ist nicht uninteressant, ist zu empfehlen – den *Gotha* durchliest oder, nein, durchlesen kann man den nicht, genausowenig wie ein Telephonbuch, also: darin blättert, daß sehr viele adelige Häuser ihre Standeserhebung oder -verbesserung dem Reichsvikar, also einem der beiden jeweiligen Reichsvikare verdanken.

Der Leser weiß – nein, der Leser weiß nicht, jedenfalls nicht viele Leser wissen – der Kurfürst von der Pfalz / Pfalzgraf bei Rhein war in der Zeit nach dem Tod eines Kaisers bis zur Wahl des neuen der Reichsvikar, Vicarius Imperii, für, grob gesprochen, West- und Süddeutschland, der Kurfürst von Sachsen für den Rest.

Verzeihen die Abschweifung nebst Belehrung.

Hatten das Recht zu adeln, zu – neues Wort: standeserheben und wappenbessern. Sie machten offenbar sehr reichlich Gebrauch davon, adelten schnell ihre, der Lehrer Hahn würde sagen: „Spießgesellen", Bastarde und Kebsweiberfrüchtchen, die zu adeln der Kaiser hohnlachend von sich gewiesen hätte –

Zurück zu den Feldenwerth-Traganses: Hatten sie eigentlich so große Verdienste für *Kaiser* und *Reich* aufzuweisen? Daß sie, salva venia, stockkatholisch waren und dem Hof-Jesuiten und Inquisiteur hineinkrochen in den – „Hahn! Ich bitte, vor den Kindern und überhaupt. Du bringst dich noch um die Lehrerstelle und uns an den Bettelstab."

„Weil es doch wahr ist."

„Weißt du immer, was wahr?"

Stifteten Klöster (was sie später nicht daran hinderte, ein anderes Kloster, wenn der Ausdruck – eigentlich angebracht – erlaubt ist: leichenzufleddern), sammelten Reliquien, „– der Stolz des Grafen Ferdinand Gaudenz war ein Blatt der Lilie, die der Erzengel Gabriel Maria bei der Verkündigung übergab –"

Ja, gut, und ab und zu ein Feldmarschall-Leutnant dabei, ein Landeshauptmann in Krain und der Windischen Mark, hätte alles für den *Fürstenhut* nicht ausgereicht, aber da die ganzen Liechtenstein und Windisch-Graetz und Auersperg rundherum plötzlich Fürsten waren, wenigstens primogeniturisch (die jüngeren Söhne blieben Grafen, aber immerhin), jammerte Graf Franz Maria Kaspar dem Kaiser so lang in die Ohren, bis er halt auch … „Bevor er noch öfter kommt und mir die Zeit stiehlt", wird sich der Kaiser gedacht haben.

*

Aber dann der Napoleon. Der hat, wie nun wirklich der Leser, jeder Leser weiß, Europa gründlich aufgemischt, und da ist Fürst Ernst Gaudenz Maximilian, der Sohn jenes Franz Maria Kaspar, ins französische Lager hinübergeweht worden, also so halbwegs, das heißt ins bayrische, dazumalen noch mit i: bairische, dessen Kurfürst vom *Napolium* die Königskrone verpaßt worden war und er dafür, das wird man ja noch sagen dürfen –

„Weil's wahr ist", sagte Hahn.

„Da haben Sie allerdings recht, Herr Lehrer."

– dem Kaiser und dem schon im Abdriften begriffenen Reich den „bleckerten Hintern hingehalten", den bairischen, damit man ihn – Ihn, den Neukönig, „Kini" auf bairisch – am … und so fort … kann.

So ist – so sind – Durchlaucht kgl. bair. Feldmarschall geworden, hat mit seinem Herrn, dem „Kini", schnell, als dies opportun, die Front gewechselt, „Undank ist der Welten Lohn", hat sich Napoleon gedacht, ist dem Kaiser, der aber inzwischen Anders-

Kaiser war, sich selber von Franz II. zum Franz I. heruntergestuft hat (oder ist I. besser als II.? So wie bei der Eisenbahn?), wiederum in den … („Hahn, bitte! Vor den Kindern!“)

Es hat weder der Bairische seine schändlich erworbene Krone zurückgegeben noch der Fürst Ernst Gaudenz Maximilian das Kloster Huturm am See, das ihm vorher noch der Napoleon via König Max Joseph von Baiern geschenkt hat. („Es schenkt sich leicht etwas, was einem nicht gehört, Sire!“ Aber Napoleon war, so ist er halt einmal, in Gedanken sprunghaft bei was anderem.)

Ist dann irgendwie im großen Aufwasch abgesegnet worden: so die Krone, so das Kloster – nun Schloß, nachdem der Napoleon zwar nicht zum Teufel, aber zur heiligen Helena geblasen wurde. Das hat ihn wahrscheinlich auch nicht getröstet, daß diese heilige Helena eine Kaiserin war.

*

Das war aber noch vorher. Da fuhr der Fürst und Feldmarschall mit der Kutsche, vierspännig von drüben, von Westen her über Land und Berg und Stock und Stein nach Huturm, um sein neues Schloß nebst See und Wald zu besichtigen und sozusagen in Besitz zu nehmen. Vom Osten her kam nullspännig auf Schusters sogar ziemlich abgelaufenem Rappen ein gewisser Friedrich Guggemot daher und wurde an einer Wegkreuzung, das war schon nah am Huturmer See, vom fürstlichen Viergespann fast überfahren, weil er nicht schnell genug zur Seite gesprungen war.

Der fürstliche Lakai am Bock fluchte: „Verdammter Zigeuner, schau daß'd –“

Guggemot raffte sich wieder auf, blutete an der Stirn, hatte ein schlechtes Gewissen –

– hätte NB! der Lakai haben müssen, weil er geschlafen hat am Bock droben –

– hatte ein schlechtes Gewissen, was solche Leute wie er haben, weil sie überhaupt die Frechheit haben zu existieren. Aber der Fürst hatte seinen leutseligen Tag, schaute aus dem Fenster, dachte vielleicht wohlig, was für ein schönes Schloß er da jetzt dann sehen werde, was alles, alles ihm gehört, wahrscheinlich auch der Wald, durch den man eben fuhr, langte in seine mit goldenen Pfauen bestickte flaschengrüne Samtweste und reichte dem Landstreicher ein – sage und schreibe – Goldstück.

„Küß d'Hand, Euer Gnaden", stammelte Guggemot.

„Schon gut, schon gut, komm' er ins Schloß, soll dort verköstigt werden."

Guggemot mit offenem Mund – der Lakai peitschte – die Pferde drückten den Rücken durch.

„– und ein Glas Wein soll auch dabei sein", rief der Fürst frohgelaunt.

3.

Nach einer guten Stunde kam Guggemot an den See. Da war eine halbmondförmige Bucht. Guggemot befühlte seine Stirn. Die Wunde blutete nicht mehr. Guggemot tunkte sein Schneuztuch in das Wasser und wischte das getrocknete Blut ab. Dann schaute er sich um: dort drüben lag das Dorf – oder Markt? Sogar vielleicht kleine Stadt? Die zwei Türme der Klosterkirche (ehemals, jetzt Schloßkirche, das wußte Guggemot selbstverständlich nicht) ragten in den Himmel. Rundum ein Rand aus ein paar Häusern.

Das Schloß war leicht zu erfragen. Tatsächlich hatte der Fürst den Befehl gegeben, angeordnet. Guggemot wurde verköstigt. Zwar war die Magd, die den „Landstreicher" vom großen, gedeckten Tisch hinüber zum kleinen, ungedeckten scheuchte, nicht gerade eine Allegorie der Freundlichkeit, knallte den Teller hin, der aber recht gut gefüllt war. Fleisch und Gemüse. „Der gedeckte ist doch für die da": die Lakaien, betreßt und in den Farben des fürstlichen Hauses, rümpften die Nase: „Was es für Zigeuner hier gibt."

Zugegebenermaßen: die dichten schwarzen Haare Guggemots, und von der Wanderschaft, milde ausgedrückt, *bestaubt*. Und ein Zeh aus dem Schuster-Rappen ragend. (Aber innen drin, in dem Schuster-Rappen, lag das Goldstück. Ein Vermögen für den Friedrich Guggemot.)

*

Guggemot aß, trank das Glas Wein (der Fürst hatte auch das nicht vergessen), bedankte sich, was nur knarzend von den fürstlichen Domestiken entgegengenommen wurde, und ging.

*

Laushammer, Vorname Kajetan. Er sah aus … es ist schwer zu beschreiben: spinnenartig, zaundürr, aber von überraschender Zähigkeit. Er fiel einmal, das ist ein paar Jahre her, von oben von der felsigen Wand, Pockender heißt diese enge Stelle auf dem Weg vom Südufer weg, fiel herunter. Wer weiß, was er da oben zu suchen hatte, kugelte herunter wie ein Ball, schlug ein paar Mal auf.

„Höllteufel", sagte die eine von den beiden Bäuerinnen, die das zufällig beobachteten, „das ist doch der Laushammer?"

„Ich fürchte: gewesen", sagte die andere.

„Saublöd", sagte die eine, „jetzt darf ich morgen abends zum Rosenkranz und übermorgen zu seiner Beerdigung, er ist ja der Schwager von einem Nachcousin von mir. Und ich wollt zur Basl Marie auf Linz hinausfahren für drei Täg –"

„Und wer beerdigt ihn jetzt? Selber kann er sich ja nicht beerdigen?"

Aber der Laushammer Kajetan stand auf, zäh wie eine Katz'. Kaum mehr als ein Kratzer am Kinn. Und beerdigte weiter.

Kann sein bei so einem, so einem spindeldürren, nicht größer als *so* ungefähr, grad daß er in den marmornen Weichbrunn-Kessel langt, in den großen. Aber hebt ein Roß auf, wenn's sein muß. Hat schon einen ganzen Heuwagen, Heuwagen: voll mit Heu, aufgetürmt, aus dem Graben gezogen, ganz allein – und so fort. Schleppt Balken, hat die dicke Hasenbergerin, wahrscheinlich die dickste Bäuerin in Huturm, wenn nicht im ganzen Bezirk –

– also das war so: der Hasenberger ist ein eher kleiner Hof. Fast eine „Keuschen". Etwas größere Keuschen, um ihm nicht unrecht zu tun, dem Hasenberger. Und somit die Fenster und Türen naturgemäß klein respektive eng. Die Hasenbergerin, Urschl mit Namen, also geschriebener Weise „Ursula", war nie eine schlanke Tanne oder Gerte, immer schon mollig. Später dann, nach sieben Kindern (nur zwei überlebt, leider), schon gut im Gewicht gestanden mit der Zeit. Hinter vorgehaltener Hand haben sie, die vor der Kirche stehen („im Sankt Außenherum", während drin die Messe gehalten wird) und hoffen, daß die Frau drin schon auch für einen mitbeten wird, und dann beobachten und schauen und an der Pfeife ziehen und ihre Bemerkungen machen, haben dann von der Hasenbergerin, die da vorüberwatschelt, gesagt: „Die ist auch gut über den Winter gekommen."

Aber eines Tages war es dann soweit: Die Hasenberger Urschl ist nicht mehr durch die Tür gekommen. „Nimmer geschloffen." Trotz aller Anstrengung nicht, nicht seitlich, nicht „hinterschi", also rückwärts quetschend. Ging nicht mehr.

Jetzt bleibt an und für sich die Bäuerin eh im Haus. Was soll sie draußen zu tun haben? Im Dorf mit den anderen Weibern ratschen? Diejenigen *schlechtmachen*, die grad nicht da sind? Soll daheimbleiben. Die Hennen vorm Haus soll die Magd füttern. Aber am Sonntag in die Kirche – wie das bewerkstelligen? Schon am Donnerstag, der auf den Schicksalstag der Zu-dick-um-durch-die-Tür-zu-passen-Werdung folgte, wurde die Hasenbergerin unruhig. Sieben Herz-Jesu-Sonntage hintereinander, hatte der Pfarrer vorgerechnet, ergibt dreitausend Tage Ablaß. Sechse hatte sie hinter sich, und jetzt beim siebten *das*.

Am Freitag musterte der Hasenberg-Bauer den Türrahmen. Granitummauert, nichts zu machen. Durch den Stall? Das Stalltor ist selbstverständlich breit genug, da käme die Bäuerin zweimal durch, aber die Tür vom Haus in den Stall war womöglich noch enger als die Haustür. Am Samstag wurde der Laushammer geholt, das – aber den Ausdruck kannte man in Huturm nicht, er steht nur hier – das Faktotum für alles. „Wer'n mir schon machen", sagte er, kam am Sonntag rechtzeitig mit Kälberstricken und Gurten, schob die Bäuerin über die Stiege (breit genug, zum Glück) in den ersten Stock hinauf, hob die Kugelfette wie nichts über das Balkongeländer und ließ sie an Strick und Gurt hinab.

„Paß auf", ächzte sie, „paß auf aufs Gwand." Denn sie hatte schon das Feiertagsgewand an.

Nach der Messe zog er sie wieder hinauf. Vielleicht ging es leichter, weil er inzwischen mit dem Bauern sieben, können auch acht gewesen sein, selbstgebrannte Obstler getrunken hatte. Oder neun. Der alpenländische selbstgebrannte Obstler. Er hat im Lauf der Jahrhunderte mehr Opfer gefordert als die Cholera. Aber so einem wie dem Laushammer Kajetan ist der Selbstgebrannte nicht gewachsen.

(Jeden Sonntag stand der Laushammer verständlicherweise für diese Dienstleistung nicht zur Verfügung, nur ab und zu, einmal im Monat etwa. Für die restlichen Sonntage gab der Pfarrer Dispens.)

Die nötigen Informationen über die Welt- oder besser gesagt Dorf-Läufte bezog die Hasenbergerin fortan von der Bötin. Die machte die Besorgungen von drüben, von der Bezirksstadt: mit einem Wägelchen mit vorgespanntem Bernhardiner. Brachte zum Beispiel Eier zum Markt dorthin, kam mit dem Ersatzzylinder für die Petroleumlampe zurück und so fort, und sorgte für die notwendige Nachrichten-Distribution, die sie mit unglaublicher Geschwindigkeit aus ihrem zahnlosen Mund ratterte. „Möcht wissen, wann die schnauft“, brummte der Bauer.

Der Laushammer war etwas weniger zahnlückig, das heißt, er hatte zwei sehr große Zähne vorn oben, und sparsam verteilt einige sehr kleine unten. Links aber war eine große Lücke, in die das Mundstück der Pfeife paßte. Er hat immer schon so ausgesehen, niemand erinnerte sich anders. War er schon so auf die Welt gekommen? Und immer schon, seit Menschengedenken, war er Totengräber gewesen, außer eben Faktotum für alles, was man nicht allein erledigen konnte.

*

Selten kam ein Fremder nach Huturm.

„Woher ist er?“

„Er sagt“, sagte der Wirt, „er ist von weit her. Mehr hat er nicht gesagt.“

„Wie heißt er?“

Der Wirt hatte es auf einen Zettel aufgeschrieben: „Guggemot Friedrich, ledig, zweiunddreißig Jahre alt. Katholisch.“

„Kein hiesiger Name.“
„Nein, kein hiesiger Name.
„Und so ein Schwarzer, ich meine die Haare.“
„Jaja. Sehr schwarze Haare. Und überhaupt.“
„Womöglich ein Zigeuner?“
Pause. Nachdenken. Ein Zug aus der Pfeife. Ein Schluck.
„Oder Jud?“
Wieder ein Schluck.
„Wer weiß.“ –

*

Ein anderer Dialog; um dieselbe Zeit:
„Wär' blöd, wenn jetzt einer sterbert.“
„Wieso?“
„Wo der Laushammer sitzt.“
„Der sitzt aber no' lang.“
„Eben.“

4.

„Was reden die Leute so?“

Der Verwalter wand sich wie in Krämpfen. Schosulan hieß der Verwalter. Seit das Kloster aufgehoben war, hatte nur die Bezirkshauptmannschaft in Bruck dafür gesorgt, daß nicht zuviel Möbel und Geschirr aus dem Stift *(ehemaligen Stift)* abgezweigt werden. Verschwand, gestohlen. Verschwand genug. Noch Jahrzehnte danach fand sich in mancher Bauernstube ein Kruzifix von solch Qualität, die man dort nicht vermutete. Oder Löffel, Gabeln.

Als dann der, dem das leere Kloster nicht gehörte, einem dieses schenkte, nämlich dem Fürsten, der Durchlaucht, suchte diese einen Verwalter, fand ihn in einem ehemaligen Fourage-Kassier, eben dem Schosulan, und schickte ihn nach Huturm, um das – jetzt – Schloß namens der neuen Herrschaft zu verwalten und zu bewirtschaften, so gut es ging. Das dauerte einige Jahre. Der ganze Napoleon-Wirbel ging darüber weg (berührte also in concreto diesen weltpolitisch windstillen Winkel kaum), auch der Wiener Kongreß, auf dem der Fürst unter den Hohen Verhandlungstischen herumkroch, bildlich gesprochen, und Einer Hohen Majestät und auch Einer Zweiten Hohen Majestät und et cetera versicherte, daß er

im innersten Herzen

stets gegen diesen korsikanischen Parvenue eingestellt gewesen sei.

Es vergingen wohl an die fünf Jahre, ehe der Fürst Zeit und Gelegenheit fand, sein neues Besitztum in Augenschein zu nehmen. In dieser Zeit hatte der Verwalter nicht nur verwaltet, sondern sogar hergerichtet, versucht, den Verfall (so etwas kommt schnell in ein leeres Haus, auch Schloß) aufzuhalten, auszubügeln, was in den Jahren seit der *Saecularisatio,* deutsch: dem Hinauswurf, dem Arschtritt für die Patres –

„So was sagt man nicht."

„Weil's aber wahr ist."

– was sich durch die undicht gewordenen Fenster eingeschlichen hat an Moder und Staub und Abbröckeln.

Getreulich, wie man so sagt, der Jan Kr̆titel Šosulán, der hier Johannes Baptist Schosulan heißt und sich schreibt, der *Herr Verwalter*, sprach dem Hohn, was die Bauern sonst „von di Behm" sagen. Auch der Pfarrer: „Reißt der Jud den Nagel aus der Wand, damit er ihn mitnimmt, schaut der Behm ins Loch, ob nicht noch was drin ist."

Kurz bevor Durchlaucht beschlossen hatten, sein Huturm zu besichtigen, Besitz zu ergreifen, kam für den Verwalter die Nachricht, daß einige Zimmer „in den gehörigen Stand zu versetzen sind". Der Schosulan bemühte sich mit einigem Erfolg. (Der Umbau von Kloster in Schloß dauerte dann noch Jahre. Zum Leidwesen der fürstlichen Eigentümer und Besitzer, die dann aufeinanderfolgten, verlor es aber nie eigentlich den – ja, fast ist zu sagen – Geruch nach dem, was es vorher war, den geistlichen Geruch, wurde nie so ein richtiges fürstliches Schloß, blieb immer „Ehemaliges Kloster".)

*

„Red' er frei."

Der Verwalter wand sich immer noch: „No jo –"

„Also was, Schosulan?"

„Man mechte, Durchlaucht, nicht zuviel auf die Leite nicht heren, was so daherreden, was der Tag lang ist."

„Und was reden sie daher?"

„No ja, Durchlaucht, no ja, diesunddas –"

Und er erzählte, was so die Leute reden, was der Tag lang ist, was nicht für seine, des Verwalters Ohren bestimmt war, ihm aber doch zu dieselben kam. Daß kein Segen nicht auf so was drauf ist, wo die hochwürdigen Herren Patres et cetera –

„– ist sogar von Arschtritt die Rede, Durchlaucht, halten zu Gnaden –"

– daß tausend Jahr die hochwürdigen Herren und der heilige Isidor und der heilige Opportunus, was der allererste Abt war, und die Muttergottes und alle Heiligen die Hand über das Kloster, und nicht nur, auch über das Land und die Leute ringsum gehalten haben, und jetzt … und ist es nicht ein Zeichen, daß zufällig der letzte Abt, dem sie den A… pardon, halten zu Gnaden, auch Opportunus geheißen, Opportunus II. Schretzenegger? Und die Kühe („… die Kiehe …") geben jetzt weniger Milch und das Gras ist grüner gewesen, früher …

„Ist das wahr, Schosulan?"

„Ach was, gnädiger Herr, ach was, ist sich grin wie immer."

„Na ja. Verstehe. Ist schon ein Einschnitt, ein tiefer Einschnitt. Aber man wird einsehen müssen, daß auch in diesem Winkel der Erde eine neue Zeit kommt."

„Und wegen dem heiligen Sigisbert halt."

„Welcher heilige Sigisbert, Schosulan?"

„Der Elteste, was war im Kloster, Pater Sigisbert, ist sich in den See gehipft, vom Stein da vorn. In Kutte mit wertvoller Monstranz von Gold sowie Edelstein, nie mehr gefunden, nichts."

„Ach. Und der ist heiliggesprochen worden?"

„Keine Rede nicht, aber die Leite sagen *heilig*, und bitteschen, mechte man glauben oder nicht, auch tuet Wunder. Der alten Hadertannerin ist Kropf deitlich geschwunden nach Fierbitte und dem jungen Schreiterlechner das eitrige Knie. Wer's glaubt."

„Nun ja, nun ja."

„Und, bitte zu Gnaden zu halten, soll nechtlich erscheinen im Schloß. Ganz naß und mit Monstranz und genzlicht weiß im Gesichte und hin und her gehen. Wenn Vollmond."

Der Fürst stutzte, ging dann zum Fenster und schaute auf den See hinaus. Ging dann zurück.

„Alles Blödsinn. Man muß die Leute reden lassen. Man wird Zuckerbrot und Peitsche angemessen verteilt zu brauchen wissen. Ja. Hm. Übrigens – ist heute Vollmond?"

„Nein, Eier Durchlaucht Gnaden, erst übermorgen."

*

Der weiße Mönch erschien nicht. Nur der Fürst träumte davon in der ersten Nacht, in der er in seinem neuen Schloß schlief.

5.

So schnell wird der Laushammer nicht wiederkommen.

Es starb in dieser Zeit der Emutter Karl. „Ist nicht am Kindsmus erstickt“, sagten sie: Er war fast neunzig Jahre alt. Der Pfarrer allerdings sprach mehr in die Richtung „gesegnetes Alter“ und „erfülltes Leben“. „Kann man auch sagen“, sagte der Röhringer, der Stabhof-Bauer, „kann man sagen, denn er hat immerhin einmal einen Hanger in Herz mit acht Trümpf gewonnen. Kommt seltener vor als wie ein Komet.“

Da war kein Totengräber da. Was tun?

War schon eine saudumme Geschichte, eine saudumme. Was muß der Laushammer Kajetan auch auf Wien hinunterfahren. „Möchte wissen, was der dort zu tun hat, so einer.“

„Wenn nicht womöglich –!“

„Ja, ja, leicht möglich.“

„Zu *tun*. Haha.“

„Hat absolut nichts gesagt, was er da unten zu tun gehabt hat oder wollen oder was oder wie.“

„Wer weiß. Ich kann mir schon denken.“

„Was kannst du dir denken?“

„Na! Was halt in Wien alles los ist, was man so hört.“

„Man hört allerhand.“

Solche Reden im Wirtshaus. Jedenfalls aber ist es dann in Wien passiert. Ist der Laushammer so auf der Straße gegangen zu Wien, der Kaiserstadt, eine große Straße, breit, links war ein Park, da kommen ihm zwei *Herren Studenten* entgegen, kenntlich an „so komische Kappln“. (Aus der Zeitung hat man das gewußt in Huturm, der Apotheker hat's vorgelesen.) Die zwei Herren Studenten sind nebeneinander gegangen, und brettelbreit haben sie sich hingestellt, „das ganze Trottoir einnehmend“, und haben hochnäsig verlangt: „Auf die Seite, du Mostschädl!“ Sie haben die Kräfte des kleinen Laushammer unterschätzt. Der ist fuchsteufelswild geworden –

„Ich kann mir vorstellen“, laut lachte der Oberförster, der, wie alle, dem Apotheker zuhörte, „wie der ausschaut, der Laushammer, wenn er fuchsteufelswild wird.“

„Was ist eigentlich ein Fuchsteufel?“

„Jetzt sei still, lies weiter, Herr Apotheker.“

„– fuchsteufelswild geworden und hat den einen Herrn Studenten beim: – hier steht *Gesäß und Kragen* –“

„Beim Arsch und beim G’nack wird er ihn ’packt haben.“

– und den hilflos Strampelnden und Schimpfenden über eine halbmannshohe Taxushecke in den anbei befindlichen Brunnen (sog. Nymphenbrunnen von der Hand des akad. Bildhauers Nikodemus Fröstl) *geworfen. Worauf der andere Herr Student die Flucht zu ergreifen versuchte, diese aber nicht ergreifen konnte, vielmehr seinerseits vom in immer glühendere Rage geratenden Laushammer ergriffen und seinem im Nymphenbrunnen prustenden Kommilitonen nachgeschleudert, förmlich nachgeschlenzt wurde.*

Das Gericht zeigte zwar eine Idee von Verständnis dafür, daß der Laushammer wegen der provozierenden Haltung der Studenten in Rage geraten war, aber angesichts der Tatsache, daß diese derselben Burschenschaft angehörten wie der Vorsitzende, fiel das eher wenig ins Gewicht.

Zwei Jahre – und er solle froh sein, daß es nicht als versuchter Mord gerechnet wird. Doppelmord sogar.

Und wer begräbt jetzt den Emutter Karl?

Der Fremde, der Schwarze – wie heißt er? Wie er sich schreibt, weiß ich nicht. Fritz heißt er.

Guggemot merkt man sich nicht leicht, ist ein fremder Name, und einen Hausnamen hat er überhaupt nicht, weil er kein Bauer ist. Er ist gar nichts. Ein Dahergelaufener.

Da hat er beim Holzmachen geholfen, dort hat ihn einer brauchen können beim Stämme-aus-dem-Wald-Ziehen. Er war recht geschickt, hat sogar beim Dachdecken geholfen, wie das Haus, in dem der Apotheker ist, neu gedeckt werden mußte.

„Ist fleißig und pünktlich, kann man nichts sagen."

„Und an und für sich ein ruhiger Mensch."

Er saß in respektvoller Entfernung von dem Tisch, an dem die Bauern saßen: der reiche Blobschwandtner, der Giggerhofer, der Bartlehner, der Leherbauer und so fort. In einem Anflug von Gutmütigkeit drehte sich der Leherbauer um, überhaupt ein gemütlicher Mann: „He, setz' di' her. Magst net? Brauchst net allein hocken."

„Ist mir eine Ehre", sagte Guggemot, nahm sein bescheidenes kleines Bier und setzte sich an den großen Tisch. Er erzählte vom Großen Krieg, war sogar in *Leipzig* dabei und nachher bei *Waterloo*, erzählte von Taten, die mehr oder weniger heldisch waren, von einem Kameraden, seinem besten Freund, Bartel hat er geheißen, Korporal bei den „Neunundzwanzigern", dem eine Kanonenkugel

„– pfeilgrad, als ob's auf ihn speziell gerichtet gewesen wär', den Kopf wegg'rissen hat".

„Grausig", sagte der Bartlehner.

„Ist noch für einen Moment aufrecht dag'standen, nur ohne Kopf, dann umgesunken. Und 's Blut –"

„Grausig", sagte der Leherbauer.

„C'est la guerre", sagte Guggemot.

„Was sagst?"

„Krieg ist Krieg, wie man so sagt."

„Jaja."

Wo er eigentlich herkam, von wo er stammt, von Familie wegen und so, fragten die Bauern schon vorsichtig herum, aber der Guggemot sagte nichts davon.

„Aber … aber … also: katholisch bist' schon?"

„Sowieso."

Und als der Emutter Karl zu begraben war, und der Laushammer in Wien unten wegen Beinah-Doppelmord im Gefängnis saß, fragten sie den Guggemot, den Fritz, ob er?

„Warum nicht?“

So wurde der Fremde der Totengräber von Huturm am See und blieb es, auch als der Laushammer zurückkam, denn es kam zwar der Laushammer zurück, aber der, der zurückkam, war nicht mehr der Laushammer. Sie müssen was angestellt haben mit dem Laushammer im Gefängnis oder wie, oder die Luft im Gefängnis …

„Oder die Kost?“

Er war nur noch ein Laushammer-Schatten, saß am Rand des Brunnens, den der Fürst aufstellen hatte lassen, und sang vor sich hin.

„Was singt er denn?“

„Man versteht’s nicht recht.“

„Wahrscheinlich ein Lied, das sie im Gefängnis singen.“

„Wahrscheinlich.“

Ab und zu gab ihm einer einen Kreuzer, und um die Mittagszeit drückte er sich an der Tür vom *Mohren* herum, dem minderen Gasthaus (nicht so groß wie der *Silberne Hammel*), bis ihm die Kellnerin einen Teller mit einem Knödel herausreichte, den ein anderer Gast stehen hatte lassen, oder eine halbe Wurst.

6.

Der Domherr, Monsignore Sachsreither, setzte sich in den goldgelb bezogenen Sessel, nicht zu tief, aber doch nicht so respektvoll auf der Kante wie ein Bittsteller, man wußte schließlich, wer man war, auch wenn man einer fürstlichen Durchlaucht gegenübersaß.

„Ich darf, Monsignore, eine kleine Erfrischung anbieten?" Noch bevor der Domherr nicken konnte, hatte der Fürst geläutet. „Ein Glas Portwein für den geistlichen Herrn und ein paar Cakes. Und für mich den üblichen Tee." (Der Fürst hatte es mit dem Magen seit einiger Zeit.)

„Ja, Durchlaucht", sagte der Domherr, nachdem er vom Portwein genippt hatte und eins von den „Cakes" gegessen, die Brösel von der Soutane gewischt (– „nicht nur die Mauern sind alt", aber das dachte der Domherr nur), „es ist halt so eine Frage."

„Aber das ist doch der reinste Aberglaube!"

„Es ist zwar wohl Tatsache, daß bedauerlicherweise damals dieser Pater, wie hieß er?"

„Sigisbert."

„– sich horribile dictu ersäuft hat. Ganz unschön. Ganz! unschön."

„Eben, und deswegen ist er noch lang nicht heilig."

„Es sind eben – ich möchte nicht sagen: Wunder präponiert worden, auch das ist Tatsache –"

„Was heißt Wunder. Dem Mistbauern sein Sulzknie wäre wahrscheinlich von allein auch geheilt."

„Na ja, na ja, so einfach ist das nicht. Und Sie müssen verstehen, Durchlaucht, die Kirche ist in einer schwierigen Situation. Diese soi-disant Revolution in Frankreich … die ist noch nicht überwunden. Allenthalben – selbst, mir versagt fast die Stimme, selbst bei uns, in einer Bischofsstadt – *Erz*-Bischofsstadt, ein –" Er schluckte. Nahm wieder eins von den „Cakes".

„– ein liberaler Zirkel. Unerhört."

„Ein paar Spinner. Schriftsteller oder so was. Wer liest denn das, was die schreiben. Sie nicht und ich nicht."

„Ja, schon. Aber diese Ideen, eine Verweltlichung. Die Kirche braucht in diesen schweren Zeiten *starke Heilige*. Und wenn dieser Sigisbert …" Der Domherr breitete die Arme aus.

„Ich versteh' nicht, Monsignore, wieso die Kirche *starke Heilige* braucht?"

„Zur Fürbitte! Durchlaucht, zur Fürbitte beim HErrn."

„Ist der HErr *gegen* die Kirche, weil man Fürbitten braucht? Ob man sich nicht besser direkt an den HErrn wendet? Oder ist der so zäh, bis er zuhört?"

„Sie reden ja wie ein Protestant!" fuhr es dem Domherrn heraus, zuckte aber sofort zurück: „Verzeihen, Durchlaucht."

„Um ganz offen zu sprechen, hochwürdigster Herr Domherr, es paßt mir nicht, wenn dieser –" (er unterdrückte das Epitheton „ersoffene") „– unglückliche Pater heiliggesprochen wird. Die Leute hier tragen es mir immer noch nach, obwohl ich nichts dafürkann, daß das Kloster aufgelöst wurde. Sie sehen in mir immer noch einen, der diese Mauern hier widerrechtlich besitzt. Okkupiert hat. Angemaßt."

„Verstehe, verstehe –"

„Wenn Sie jetzt den – den unglücklichen Mönch auch noch heiligsprechen …"

„Verstehe, verstehe –"

Der Fürst wechselte den Ton: „Sagen Sie, Monsignore, ich habe erfahren, daß Sie nicht ungern dem unschuldigen Vergnügen des Weidwerks huldigen?"

„Nun ja, nun ja", lächelte der Domherr.

„Ein sehr guter Zehnender steht am Jall-Kofel. Was meinen Sie?"

*

Die „Wunder“ wurden nicht weiter untersucht, der Kanonisierungsprozeß ad acta gelegt. Der Zehnender am Jall-Kofel wurde vom Domherrn Monsignore Sachsreither – sofern eine Hirschseele postuliert werden kann – in die Ewigkeit geschickt, wohingegen andererseits der arme Sigisbert vergeblich auf die Ehre der Altäre wartet.

*

Nach einem eher frugalen Mittagessen (wie gesagt: der Fürst hatte es mit dem Magen) und einem Nickerchen auf der Récamiere im grünen Zimmer unterhielt sich der Domherr noch ein Weilchen, bis die Kutsche angespannt war, mit dem Fürsten.

„Die Durchlauchtigste Frau Gemahlin sind nicht hier, wenn ich fragen darf?“

„Ach Gott. Meine Frau, Sie wissen, ihre Mutter ist eine geborene Prinzessin von Parma. Dutzende Kaiser und Könige und sogar zwei Päpste ruhen auf ihren Schultern. Huturm ist ihr, wie soll ich sagen, zu eng.“

„Verstehe, verstehe.“

„Aber mein Sohn, das freut mich, er scheint Gefallen an Huturm zu finden, kommt nächsten Monat von seiner Kavaliersreise zurück – stellen Sie sich vor! Bis Amerika! *Ich* war noch froh, wenn ich nach Paris kam – und, was wollte ich sagen? Ach so, ja, mein Sohn will hier seßhaft werden.“

„Ein Vorschlag: Lassen Sie in Erinnerung an das Kloster einen Brunnen vielleicht … errichten, mit Heiligenfigur, auf dem Marktplatz. Wäre doch … sozusagen, eine Geste. Eine Geste der Versöhnung. Ein Sankt Isidor, so hieß doch das Kloster.“

„Isidor? Kein Mensch weiß, wie der Isidor ausschaut.“

„Oder irgendeinen Heiligen.“

„Florian?“

„Sehr gut. Florian. Ist sehr beliebt. Ist ja auch Landespatron.“

„Und man weiß, wie er ausschaut. Ungefähr. Also den Kübel hat er in der Hand und schüttet auf ein brennendes Haus.“

„Ich werde den Herrn Erzbischof zu bewegen versuchen, daß er den Brunnen persönlich segnet.“

7.

Langsam sickerte der Guggemot Fritz ins Bewußtsein der Leute hier als einer, der dazugehört, wenngleich ganz unten, freilich. Aber immerhin durfte er bei dem Fest der *Markterhebung* schon die eine Schnur von der hinteren Fahne halten, beim Festumzug. Das hatte der Fürst bei der Statthalterei erwirkt: die Erhebung der Gemeinde Huturm am Huturmer See zum *Markt*.

Auch ein Wappen. Obwohl etymologisch nicht haltbar: einen Turm mit einem Hut darauf. Aber immerhin der Hut mit einem Stern geschmückt. Als der Stein mit dem neuen Wappenrelief am Rathaus angebracht wurde, stieg der Guggemot Fritz auf die Leiter mit Mörtel und Kelle. Das war nicht ein *ehrender* Auftrag, das war nur so. Weil halt der Fritz so Sachen erledigte gegen ein paar Kreuzer oder sogar Gulden, wenn's schwieriger war.

So frettete er sich durch. Er wohnte beim Fischer unten. Das war nicht der Name, er *war* Fischer. Den „Klosterfischer" hatten sie den Vater genannt, aber jetzt gab es ja längst kein Kloster mehr, und der jetzige hatte das Fischrecht vom Fürsten gepachtet. (– also: vom Verwalter des Fürsten, vom Schosulan, der Fürst selber kümmerte sich, logisch, nicht um solche Sachen. Auch nicht um die Käserei.) Er hieß Pockerl, Ernst mit Vornamen, stand sich nicht schlecht. Es gab immer noch viele Fische im See. Der Pockerl, der Fischer, räucherte, lieferte bis Bruck sogar, ja bis in die Landeshauptstadt.

Und im Haus vom Fischer, unten am See, wohnte der Guggemot im oberen Stock in zwei Zimmern, *Kammern* eigentlich. Das Wasser mußte er unten holen, und das – nun ja, man muß so was nicht unbedingt erwähnen, ist aber eben das Menschliche – man versteht: ein einfaches Brett mit einem Loch, darunter die Versitzgrube, war auch unten, hinter dem Haus. Ein Holztürl, und der

Guggemot, er war ja sehr geschickt, wie schon gesagt, und ihm fiel allerhand ein, schnitzte einen roten Pfeil, den man, außen am Holztürl angenagelt, drehen konnte: nach oben, wenn einer grad „Sitzung hielt".

Salva venia – mit gehörigem Respekt: War oben im Schloß seinerzeit *nicht viel* anders. Ein bißchen anders, aber nicht viel, nur das Sitzbrett war dort gepolstert. Kein roter Pfeil allerdings, S. Durchlaucht hängten nur immer Seine Hosenträger oben über die Tür heraus, daß man wußte – Waren oft längere „Sitzungen" bei Sr. Durchlaucht. Der Magen, wie erwähnt.

*

Auch die Braut war, wie er, nicht von hier. Flora Körndlbach, glaublich aus Eisgrub bei Wien unten. Nicht mehr die Jüngste und auch nicht die Schlankste, aber der Fritz war ja auch nicht direkt das Modell für einen Apollon. Die Körndlbacherin war von Wien heraufgekommen, als die Marktgemeinde einen berufsmäßigen Gemeindesekretär einstellte und die Frau Gemeindesekretärin einen Hausknecht und ein Dienstmädchen, eben die Flora, mitbrachte. Die Frau Gemeindesekretär, die, so was hatte man in Huturm noch nie gesehen, auch bei Sonnenschein mit einem spitzenbesetzten grau-rosa-gemusterten Schirmchen (nicht viel größer als ein Hut, grad daß es den Kopf beschattete) im Dorf – jetzt Markt – herumlief und sich überhaupt für etwas Besseres hielt – Vondraček hieß sie, Rosalie – entließ aber „infolge ihrer angeborenen Bißgurnität" (so Guggemot) sehr bald das Dienstmädchen, das dann hilflos dastand, sich an die Fischerin wandte, die dann binnen kurzer Zeit die Ehe stiftete.

„Lieber als daß wir die dritte Kammer auch noch vermieten, oder, Pockerl?" sagte sie zum Fischer.

Der Fischer Pockerl schmatzte nur – offenbar zustimmend – mit dem Mund. Er pflegte so wenig zu reden wie die Hechte, die er fing.

*

Im Jahr danach kam das Kind zur Welt: Anna Rosa (oder Rosa Anna, was stand im Taufregister? Möglich, daß ein Tintenklecks drübergelaufen ist). Taufpatin machte die Fischerin, schenkte eine echte porzellanerne Tasse mit Untertasse mit dem Bild der heiligen Rosa von Lima auf der einen, einem Rosenstrauß auf der anderen Seite.

Als Anna Rosa dreizehn Jahre alt war, kam sie als Magd in den Dienst des Blobschwandtner. Einer der größten Höfe im ganzen Bezirk. Die Mutter hatte ihr noch eine Aussteuer genäht: zwei Bettbezüge aus Leinen, zwei Kopfkissenbezüge dto. (mit eingesticktem Herz Jesu), vier Taschentücher aus Batist mit Lochsaum, ein großes und ein kleines Leintuch. Alles sauber gefältelt in ein größeres Stück Tuch gewickelt. „Paß auf d'rauf, Kind." Wenig später starb still und fast unbemerkt an einem dunklen Novembertag, als die gelben Nebel über den See zogen und sich niemand auch nur ans Ufer getraut hätte (– Sigisbert ...), die Frau Körndlbach verh. Guggemot – so stand es auf der breit-schwarzgerahmten *Parte*, dem Totenzettel, der am Brett neben der Kirchentür angeheftet war: „– versehen mit den ... betrauert von ... R. I. P."

„Nein, man kann ihn sie nicht selber beerdigen lassen", sagte der Pockerl, der Fischer. Und sie griffen, er und ein paar andere, zur Schaufel, trugen auch den Sarg.

Als dann – wenige Jahre später – auch der Guggemot zu Grabe getragen wurde, blieb die Anna Rosa Magd beim Blobschwandtner, ihr Leben lang. Die Aussteuer lag in einer Truhe aus ungehobeltem Holz neben ihrem Bett, und das Bett stand in der Kammer, die in einem Eck, einem Zwickel zwischen der Brandmauer vom Stadel und dem Stall, übriggeblieben war. Von der Aussteuer Gebrauch zu machen war ihr nicht bestimmt. Aber etwas in der Richtung war dann doch noch, wenn auch ... davon später.

8.

Der Besuch des Erzbischofs bei der Weihe des Florianibrunnens war nicht der einzige hohe Besuch in der Marktgemeinde Huturm und auf dem Schloß. Bei einer der seltenen Anwesenheiten der Frau Fürstin, sie hieß Sidonie, gebürtige Prinzessin Glaningau-Taubenschwill, *fiel* – man kann es nicht anders sagen, wenn man im Auge behält, wie dies ablief – das kometenhafte Erscheinen eines Virtuosen *vor*, der zwar nicht die Bewohner der ordinairen Marktgemeinde Huturm, wohl aber die Fürstlichkeiten im Schloß mit seiner Kunst beglücken wollte.

Friedrich Kalkbrenner – nein: *Frédéric* Kalkbrenner. Er war ziemlich genau fünfzig Jahre alt, seine Brust zierte:

– 1. der preußische Rote Adlerorden

– 2. (jüngst verliehen) der belgische Leopoldsorden

– 3. das Kreuz der Légion d'Honneur

und er war begleitet von seiner Frau, besser und angemessener gesagt: Gemahlin, Madame Marie Angélique Damasa Louise Eglantine Dorothée d'Estaing – Mont-Saint-Ourve-La-Spéraix, Tochter von nichts weniger als einem General.

Das Paar kam aus Paris, wo man – nein, nicht lebte: residierte. Während der Meister ausstieg, sah man durch das Fenster der Kutsche Madame de Kalkbrennäär noch naserümpfend um sich blicken, bevor auch sie ganz vorsichtig das Fahrzeug verließ, ein „Mon Dieu" nach oben schnupperte und zehenspitzte, als ob sie über Kuhfladen ginge. Als sie die Stiege zur ehemaligen Klosterpforte hinaufstiegen, war es schwer zu entscheiden, von wem mehr Glanz ausging –

– nein, nicht die Rede davon. Der Fürst, der es sich nicht nehmen hatte lassen, persönlich dem Meister entgegenzugehen, sich nicht zu schlecht war, sogar auf die erste Stufe hinaus- und dem Weltberühmten entgegenzutreten, wirkte gegen den Heraufschreitenden, fast -schwebenden eher wie ein Bedienter, der seinen Herrn erwartete.

Maulaffenfeilhalter, meist marktgemeindliche Jugend, aber auch die Weiber, die nichts zu tun hatten oder eigentlich Besseres zu tun gehabt hätten, standen in gehöriger Entfernung.

„Aber der chinesische Kaiser ist das nicht?“ fragte die alte Wabn (recte Tiefinger Barbara, Köchin).

„Da wär' er ja gelb“, sagte die Thres (recte Scheinbrunner Theresia, auch Köchin).

„Wie ein Pfau.“

Drinnen war eine opulente Erfrischung vorbereitet.

Inzwischen kam in einer anderen, offenen Kutsche das Instrument des Meisters: mit einer starken Plane überdeckt das klavierliche Juwel, der Érard-Flügel, eigens angefertigt, mit Elfenbein-Intarsien. Schosulan hatte Leute rekrutiert, die – „daß mir jaa nicht mechte was passieren, was Äntsätzliches, wenn womeglich … stirbet uns unter Händä weg, womeglich … Jeschguschmária …“ – das Edelstück auspacken und in den Salon (früher Refectorium) hinauftragen mußten. Unter ihnen Guggemot.

Im Salon saßen Fürst und Fürstin, der *Ritter de Kalkbrenner* sowie Madame und nippten an den Erfrischungen. Als der Flügel hereingebracht wurde, hielt Kalkbrenner den Atem an, verdrehte die Augen, hob die Arme, als ob ihm ein Zahn gezogen würde. „Attention …“, hauchte er.

Aber sie behandelten ihn eh wie ein rohes Ei, die zwei Männer und der Guggemot, der quasi das Kommando innehatte. Und er sah das Kreuz der Ehrenlegion auf der ritterlich-kalkbrennischen sowie geschwellten Brust.

„Ah“, sagte er ungeniert, war so seine Art, „die *Légion d'Honneur*“, und deutete auf Kalkbrenner.

„Man zeige nicht mit nackerte Finger auf angezogene Leut'“, zischte Schosulan, der daneben stand.

Aber Meister Kalkbrenner geruhte zu lächeln. „Respect, Respect, Sie haben gebildete Leute hier, mon Prince."

„Ja", sagte der Fürst, „Guggemot heißt er, er ist weit herumgekommen, war sogar in Waterloo dabei – er ist unser Totengräber."

Die Luft gefror. Kalkbrenner ließ das kostbare kleine böhmische Kristallfläschchen (eine pfeiltragende Diana eingeritzt), aus dem er eben einen Kirschlikör zu sich nehmen wollte, sinken und erbleichte. Das heißt: Er wurde ins Grünliche schillernd gelb im Gesicht. Jetzt hätte ihn die Wabn mit Fug und Recht für einen „Chineser" halten können.

„Totengräber", ächzte Ritter Kalkbrenner.

„Ja", sagte der Fürst und schaute wie nach Hilfe suchend um sich, winkte dann die Leute hinaus, Schosulan scheuchte sie schnell, „ja, es tut mir leid –"

„Totengräber", ächzte der Ritter nochmals, um eine Spur leiser und tiefer.

„Ich kann auch nichts dafür, er ist … weil vorsichtig … und sehr geschickt …"

„Fi donc! Ein Totengräber hat meinen *Érard* angefaßt …"

Sein Geist entsank. Er rollte die Augen. War ein Wutausbruch zu erwarten? Eine Ohnmacht? Ein Weinkrampf? Oder gar –?

(„Jedenfalls Scherereien", schoß es Schosulan durch den Kopf. Wird nicht in Huturm begraben, mit dem wird der Guggemot keine Arbeit haben. Der wird nach Paris überführt. Wahrscheinlich kommt er in die Gruft von Notre-Dame. Mindestens!)

Aber nichts davon.

Madame de Kalkbrennäär, die bis dahin stumm geblieben war, so als sei es Atemverschwendung, in so bäuerlichen Gegenden wie hier auch nur ein Wort zu sagen, entfuhr nur ein „Incroyable –". Sie fächelte nervös mit ihrem Fächer und flötete ihrem Mann ein „O Frédéric, o mon pauvre Frédéric!" zu, worauf sie in leichte konvulsivische Zuckungen verfiel.

Der Maître-Chevalier stand nur auf, stemmte sich mühsam, betont mühsam aus dem Sessel, ging langsamen Schrittes hinaus, gebückt, als laste eine Tonne auf seiner Schulter. Mit dem Blick eines Feldherrn, der eine unverdiente Niederlage erlitten hat.

Verschwand in sein Zimmer. Madame hinterher.

Peinliches Schweigen. Dann ging ihm der Fürst nach, kam nach einer halben Stunde zurück und vermeldete, daß der Meister nicht spielen werde. Nicht unter diesen Umständen. Er könne keine Taste anrühren. Unter diesen Umständen. Totengräber. TOTEN-GRÄBER. Er sei sich nicht sicher, habe der Meister bedeutet, ob er überhaupt jemals noch *dieses* Instrument anfassen könne. Ach.

*

Man zeigte Verständnis. „Ein volleres Verständnis, als ich dafür habe", ließ der Fürst ausrichten, „gibt es gar nicht." Aber zum Diner werde der Meister vielleicht eventuell doch unter Umständen erscheinen?

Ja. Da nicht anzunehmen sei – dies wahrscheinlich mit ironisch-spitzen Lippen vorgebracht –, daß der Totengräber auch das Menu gekocht habe.

Drei Tage – dann spielte er doch. Offenbar hatte er darauf gewartet, daß alle, vom Fürsten abwärts, händeringend, tränenerstickt, kniefällig bitten, drängen, flehen würden. Mit zum Himmel gehobenen Händen –

War nicht. Der Fürst, die Fürstin glaubten Rücksicht nehmen zu müssen auf die so außerordentliche Sensibilität – *Verständnis* zeigen und schweigen …

Es bewirkte genau das Gegenteil. Am dritten Tag hielt es der Meister nicht mehr aus:

„Also, mon Prince, wenn man schon gar nicht aufhört, mich zu drängen –" (hat kein Mensch ein Wort gesagt) „– und bevor man mich noch mehr belästigt –"

Und er spielte, streute die Perlen seiner Tasten-Finger-Kunst vor – nicht grad Säue, aber doch, nun ja, Prince hin, Prince her, Hinterwäldler.

1. Les Regrets – élégie harmonique op. 36
2. Caprice in h-Moll op. 104
3. La Femme du Mari, pensée fugitive (ohne Opus-Zahl)
4. La Crainte et l'Espérance op. 130

zuletzt

5. Grande Sonate romantique brillante in g-Moll, op. 13

und als Zugabe noch einige

Souvenirs de Venise
Ricordanze
Feuilles musicales
et
cetera
et
c.

Beim letzten Stück, das vom Erdbeben in Haiti inspiriert war, das Kalkbrenner zwar nicht miterlebt hatte, von dem er aber von einem Zeugen der Katastrophe unterrichtet worden war, wachte dann auch Schosulan wieder auf, dem es gnädig gestattet gewesen war, zu bleiben.

Ganz am Anfang aber hatte Madame Kalkbrenner der Fürstin zugeflüstert: „Der Name Liszt darf unter keinen Umständen, nicht einmal abwertend, erwähnt werden." Wahrscheinlich hätte das zum sofortigen Exitus Kalkbrenners geführt.

9.

Jagd, viele Gäste, unter anderem Ein Erzherzog (vor lauter Respekt sogar Ein großgeschrieben) – (dabei ist er grad erst sechzehn Jahre alt geworden) – ist schon ein passionierter Jäger, was schon viel zu wenig gesagt ist. Es interessiert ihn überhaupt nichts außer der Jagd. Es interessiert ihn, seit er ein Gewehr in der Hand halten kann, nichts, außer auf Lebendig-Vierbeiniges oder Lebendig-Flügelflatterndes anzulegen, den Finger krumm zu machen, Knall und wieder ist eins tot, was noch gern weitergelebt hätte.

Aber eben – haben kaiserl. königl. Hoheit Freude dran, wenn's knallt. Wenn die Federn davonfliegen und der Fasan ins Korn plumpst. Oder der Hirsch schön „zeichnet". Das heißt: Knall, stechender, rasender Schmerz, aufbäumen, aufwerfen, noch ein Blitzen des Sonnenlichts, aufprallen. Aus. Nichts. Hirschbraten, den aber kaiserl. königl. Hoheit gar nicht so gern essen, lieber Süßes: Kaiserschmarren, aber ist nicht Kaiser, wird's nicht, oder doch? Nur vielleicht einmal, später. Erzherzogschmarren. „Dem Hirsch bleibt nichts erspart."

Jagd hinten im Enterjoch. Der Wald gehört dem Fürsten, *soweit das Auge reicht*. Aufbruch um fünfe in der Früh. S. k. u. k. Hoheit wurden vom Kammerdiener mit Loden umtucht, dann hinaus ins taufeuchte Grün. Die eine von den Patronessen hieß Rosa Anna, genauer gesagt: nannte sich und wurde genannt: Rosa Anna. Im Taufregister stand Anna Rosa. Ist das von irgendeiner Bedeutung für so eine Rosa Anna? Auch wenn sie in das Taufregister *Einsicht nehmen* wollte oder könnte – lesen könnte sie es eh nicht, denn sie tut sich schwer mit dem Lesen und Schreiben.

Klammer auf: der Erzherzog auch. Klammer zu.

Aber sie braucht's nun wirklich nicht, das Lesen und Schreiben, als Kuchldirn: Kost und eine Kammer und ein Gulden im Vierteljahr und zu Martini und zu Lichtmeß je einen Kittel und einen Schurz, aber sonst nichts zu sagen gegen die Behandlung, die ihr der Bauer angedeihen läßt. Ein großer Bauer, beinah ein herrischer Bauer: vierzehn Pferd, mehr als vier Dutzend Stück Großvieh. Blobschwandtner oder genauer gesagt: „Sepp heiß' i, Blobschwandtner schreib' i mi und sein tu' i der Vorder-Steinbacher."

Sie ist nicht grad eine Schönheit, die Anna Rosa oder Rosa Anna mit ihren schwarzen Zigeunerhaaren. („Wer weiß – man red't viel, aber i will nix sag'n.") Das einzig Schöne an ihr, diese schwarzen Zigeunerhaare, sonst nicht grad – wie gesagt. Sogar ein bißl verwachsen, rechts die Schulter ums Kennen höher als links. „Ob die einer nimmt?"

*

Die *Patronessen.* Munition ist teuer. Der Fürst, eine *Durchlaucht (Zuständigkeit des Prädikats „Durchlaucht" (primog.) lt. Bundestagsbeschluß vom 18. 8. 1825; österr. Bestätigung (primog.) 22. 2. 1827 ...),* ist ... sparsam. Manche sprechen von Geiz. Die Patronenhülsen sind aus Messing und man kann sie wiederverwenden, daher die *Patronessen.* Sie stapfen hinter jedem Jäger, jedem Jagdgast her, je eine, alle Mägde aus dem Dorf werden rekrutiert dafür, sammeln in der Schürze die Patronenhülsen ein.

Eine verantwortungsvolle Aufgabe, dürfen nicht so stapfen wie die Trampel sonst, müssen vorsichtig gehen, leise, daß das Wild nicht verscheucht wird, das der Hubertusjünger im Begriffe ist, aus der Existenz zu putzen.

Bumm!

!!

„Schön gezeichnet." „Mist, das Gehörn verkrüppelt." „Na ja, aber immerhin besser als in die hohle Hand hofiert, Exzellenz."

Dahinter die *Patronesse,* sammelt wieder eine Hülse in ihre Schürze.

Je eine Patronesse pro Jäger, wie gesagt. Zufällig wurde die Anna Rosa der sechzehnjährigen k. u. k. Hoheit zugeteilt. Sie stolperte über eine Wurzel. Das angepeilte Reh „brach weg ins Unterholz". (Sagt man so hubertustanisch?) Die gesammelten Patronenhülsen purzelten, die Patronesse fiel auf den Rücken. Unterwäsche war zu damaligen Zeiten (Zeit: GUT, ALT) in bäuerlichen Mägdekreisen nicht üblich, eigentlich so gut wie unbekannt, schon gar im Sommer. Die Beine in die Höhe, der Kittel flog hinauf, der Erzherzog fand das so ansprechend, daß Anna Rosa neun Monate danach eines Knaben genas. Er wurde auf den Namen FRIEDRICH getauft, am Tag nach seiner Geburt. Vier Tage nach der Taufe –

Sie hatte viel Milch, mehr als Friedrich brauchte. Im Widum drüben in Kretzleit dämmerte ein Altpfarrer vor sich hin, der schon nichts mehr essen konnte und mühsam mit Muttermilch, das einzige, was ihm noch eingelöffelt werden konnte, über Wasser, id est über das Wasser des Styx gehalten werden konnte. Anna Rosa quetschte die überschüssige Milch aus ihren großen Brüsten, füllte sie in ein Fläschchen und brachte sie hinüber in den Widum von Kretzleit, wo sie dafür einen halben Gulden bekam, viel für so eine Anna Rosa.

Das ging einige Tage, vier Tage, um genau zu sein. Am fünften Tag ging sie nicht, sondern fuhr. Das heißt: sie ging schon zunächst, aber dann überholte sie der Jodlinger, der größte Schürzenjäger auf dieser Seite des Huturmer Sees und auch der flotteste Fahrer. Zweispännig, sollte irgend etwas in der Kreisstadt abholen. „Hock auf, he!" schrie er. Anna Rosa sprang auf den Bock neben den Jodlinger. (Franz Xaver hat er geheißen. R. I. P. Ja … sehr bald, nämlich:) Da ist eine Stelle, wo der Bach letztes Jahr den halben Weg weggespült hat, und sie streiten sich, wer den Weg wieder richten muß, weil genau an der Grenze. (Logisch: der Bach bildet die Grenze.) Der Jodlinger, wie gewohnt, schwingt die Peitsche, juchzt, wie gewohnt, die Sonne scheint, achtet nicht darauf, daß der Weg um die Hälfte schmäler wird …

R. I. P. Nur die Pferde haben es überlebt. Man spricht nicht umsonst von *Roßnatur*. (Laut hat es keiner gesagt, aber ganz leise gedacht haben sie es doch: daß um die Pferde „schader" gewesen wäre.) Der Wagen nur noch ein Scheiterhaufen. Der Altpfarrer drüben bekam heute keine Muttermilch. Aber am nächsten Tag war's eh aus … ob es noch geholfen hätte, wenn –? Resp. wenn nicht –?

So hat nie jemand erfahren, wer es war, wie es dazu kam. Die Anna Rosa hatte geschwiegen, hatte sich wohl geschämt, obwohl man sich, bei Licht betrachtet, über so einen Vater nicht zu schämen hätte brauchen.

Der erfuhr also nie davon. Ob das *Patronessen*-Abenteuer, wenn man das so nennen kann, der Auslöser für die nun weiter aufblühende Passion Sr. k. u. k. Hoheit war? Die nun neben der Jagd aufblühte? Eine andere Jagd? Dort tötete er, hier sorgte er für neues Leben – dort versprühte er todbringende Kugeln, hier lebenbringenden Samen?

„Und wohin mit dem Bankert?" brummte der alte Blobschwandtner, aber er war kein Unmensch, behielt den Fratz am Hof, lief mit zwei, drei Bankerten mit, die neben den legitimen Kindern – so üblich im Ländlich-Sittlichen – aufwuchsen.

10.

Salomon der Weise spricht / laute Winde stinken nicht." So einer der vielen Sprüche von Dr. med. Stanislaus Zoderer. Oder: „Jeder Wind ist einen Gulden wert." Er, der Dr. Zoderer, hatte sogar eine – na ja – vielbeachtete Abhandlung darüber geschrieben, wie wichtig die Wind-Entlassung für die Gesundheit des Menschen ist.

„Ein völlig verfehltes Verhalten, das Wind-Lassen gesellschaftlich sozusagen zu verfemen."

(RRumms – ungeniert.)

„Sehen Sie, fühle mich sofort erleichtert. Jeder Wind ist –"

„Ja", ergänzte der Bartlehner am Nebentisch, „– einen Gulden wert."

„Sie sagen es!" (Zum Bartlehner sagte er *Sie*. Zum Guggemot hätte er *du* gesagt.)

„Sie sagen es!" In seiner Abhandlung hatte er mit vielen medizinisch-physikalischen Argumenten die Bedeutung, ja die überragende Bedeutung des Wind-Lassens und vor allem die enorme Schädlichkeit des – törichterweise, soweit öffentlich, *social* geforderten – Wind-Unterdrückens hervorgehoben. Er errechnete, daß eine Mindestanzahl von fünfundzwanzig Wind-Entlassungen über den Tag verteilt notwendig ist, um Meteorismus (Tympanites) entgegenzuwirken, d. h. den gesunden Windfluß durch den Körper hindurch zu gewährleisten. Im Grunde genommen, so die Quintessenz der, in zwei Fortsetzungen im *Allgemeinen Ärzte-Courir (Jahrg. 42, pp. 477–79 bzw. 516–21)*, veröffentlichten Abhandlung, sei das rechte Wind-Lassen das Um und Auf der körperlichen Gesundheit. Genaue Ratschläge, wie, bei schädlich nicht vorhandenem Bedürfnis, die *„nothwendige Desinflatio"* künstlich / willkürlich herbeigeführt werden kann, gab Dr. Zoderer im Anhang seiner Abhandlung, welchen er dann (ohne den gelehrten Aufsatz) in gefälliger Form mit beigegebenen Illustrationen für seine Patienten aufklärungsschriftlich verteilte. (Kostenlos.) „Wer", so in dieser Schrift, „die Ratschläge befolgt, wird mit der Zeit von allein dazu gelangen, nicht ohne die mindest fünfundzwanzigliche Wind-Entlassung seinen Tageslauf begleiten zu können."

Es sei nicht verschwiegen, daß der Doktor, weil umfassend an seiner Theorie interessiert, sämtliche sowohl gehobenen wie auch dialektal-ordinären Bezeichnungen sammelte, unter denen das bewußte Phänomen kursiert. Er fand 216 verschiedene Bezeichnungen, begann dann fremdsprachlich solche zu sammeln. Er plante eine weitere Veröffentlichung, arbeitete bereits an einer entsprechenden Verbreitungs-Landkarte. (Es wird hier aus verschiedenen Gründen vom Abdruck dieser Liste abgesehen.)

„Doktor Wind" hieß er daher auch hinter vorgehaltener Hand, war aber sonst ein geschickter Arzt. (Er praktizierte in der Bezirksstadt, Huturm hatte zu der Zeit noch keinen eigenen Arzt.)

Als die zweispännige Kutsche des Doktors um zwei Uhr in der Nacht von der Fahrstraße oben herunterkam, rasselnd um den Florianibrunnen bog und hin zum Schloß, wußte man – ahnte man schon. „Fürchtete man ..." ist zuviel gesagt. „Jeder kommt halt einmal dran", hieß es im Wirtshaus, sowohl im besseren *Silbernen Hammel* (Tischdecken, Stoffservietten) als auch im nicht so feinen *Mohren* (Tischdecken, aber karierte) und unten beim *Kreuzwirt*. (Blanke Tische, man muß froh sein, wenn man den Löffel vom Vor-Esser neu gespült bekommt. Und keiner – keiner ahnte, was binnen zweier Generationen aus eben diesem Gasthaus werden sollte.)

Bis sieben Uhr in der Früh blieb der „Doktor Wind", dann ging er in den *Silbernen Hammel*. Um die Zeit war noch niemand da, außer der verschlafenen Kellnerin, die die Tür eigentlich nur zum Lüften aufgemacht hatte.

„Der Fürst?" fragte die Kellnerin.

Der Doktor nickte.

„Es soll ihm schon länger nicht gut gehen."

Der Doktor nickte: „Einen Kaffee und ein Briochekipfl."

Die Kellnerin brachte es nach einiger Zeit. Der Doktor hatte inzwischen seine Füße – in Knopfgamaschen – weit unter den Tisch hingestreckt und gähnte und ließ …

(Wir wollen das nicht weiter ausbreiten.)

„Ist es ernst?" fragte die Kellnerin.

Dr. Zoderer brauchte keine Antwort zu geben, denn in dem Moment kam einer von den Buben vom Schloß herüber, atemlos: „Sollen sofort kommen."

Der Doktor schob das letzte Zipfelchen vom Kipfl in den Mund, nahm einen Schluck Kaffee und lief – ein wenig hopsend, der schwere Mann – hinter dem leichtfüßigen Buben her.

*

Gegen Mittag wurde die schwarze Fahne am Schloß aufgezogen. Schon um halb zehn war der Pfarrer mit dem *Viaticum* – ein Ministrant voraus, der mit der kleinen Glocke klingelte – ins Schloß gegangen.

Der Totengräber (längst hatte der alte Guggemot Fritz dieses Amt an einen Rüstigeren übergeben) hatte keine Arbeit diesmal. Seine Durchlaucht Ernst Gaudenz Maximilian, zweiter Fürst von Feldenwerth zu Tragans, Graf von … und von …, Herr von … und des Majorats von …, Ritter des Ordens von … sowie … sowie … und et cetera et cetera … wurden in einem Marmorsarkophag in der Gruft der Schloßkirche zur letzten Ruhe gebettet.

Ja, nun, es ist leider nicht anders zu sagen: Die Gruft war … also quasi umgewidmet worden, um es möglichst schonend auszudrücken. Die Särge der Äbte „entsorgt" … Eine leere Gruft stand den neuen Herren zur Verfügung.

Jetzt also der erste NEUE.

*

Der Doktor mußte dann auch noch zum Guggemot. Der ächzte in seinem Bett aus Stroh. Zoderer gab ihm ein Pulver, dann ein Klistier, empfahl, kräftig Wind zu lassen, warf sich dann in die dadurch ächzend schaukelnde Kutsche und schlief, bis ihn der Kutscher vor der Tür seines Doktorhauses weckte.

11.

Es ist mit der Schulpflicht so eine Sache – sie versickert, je weiter sie vom Reichs-Nabel, vom Umbilicus Imperii entfernt ist. Schon vom Zweiten Bezirk der Kaiserstadt an hinaus über die noch unbebauten Gegenden – und erst recht, wenn es sich dann in die Kronländer dünner und dünner werdend hinzieht …

– abgesehen davon, daß der Lehrer Hahn um jeden Schüler froh ist, der *nicht* in die Schule geht: *ein* einziges Klassenzimmer. *Eine* schwarze Tafel. *Ein* Tatzensteckerl. Obwohl: Der Lehrer Hahn ist fortschrittlich, gebraucht das Tatzensteckerl weniger oft als die Kreide, mit der er dieses oder jenes an die besagte Tafel schreibt:

A B C D E

oder

1 + 2 = 3

An sich wäre grad der Guggemot Fritzl, der Uneheliche, gern in die Schule gegangen. *Gern.* Hatte Freude am Lesen und Schreiben, war gut, sogar „Vorzug" im ersten Zeugnis, lernte rasch. Aber der alte Blobschwandtner-Vater sah, man kann schon sagen: erblickte den ihm nur ungenau geläufigen Fritzl, wie ihm die Groß-Dirn den leinenen Schulranzen hinhängte, und fragte erst sich und dann die Groß-Dirn: „Was ist denn dann das?"

Bei der Bahn werden Hilfsarbeiter gesucht. Die Strecke von Linz weg nach Westen – *Kaiserin-Elisabeth-Westbahn* – wird gebaut und sogar ein Bahnhof Huturm. Da werden zwar die Schnellzüge nicht halten, die Personenzüge schon. Am 12. August 1860 fuhr der erste Zug durch. Der Lehrer Hahn hatte die Schulkinder hinaufgeführt. Fähnchen, Kränze. Aber auch die Musikkapelle. Der Fritzl war nicht dabei bei den Schulkindern, er stand bei den Arbeitern, die den Bahnhof gebaut hatten. Wieviel Mörtel, der da in dem kaiser-gelben Bau steckt, hat der Fritzl gerührt? Nicht nur das, er war geschickt, obwohl er es nie gelernt hatte, nur den echten Maurern abgeschaut. Wie auf der einen Seite das *so* nicht ging, sagte der Fritzl: „Und wenn man's *so* macht?" Und er, der Fritzl, machte es.

Der Zug fuhr vorbei, die Lokomotive pfiff, der Rauch quoll. „Hurrah!" Danach ein Umtrunk, den der Fürst – der neue Fürst, der junge (war aber gar nicht mehr so jung) – spendiert hatte. Er selber, oder sie selber, die Durchlaucht, waren nicht gekommen, hatten sich nicht in die ordinäre Neugierde gemischt. (Ferdinand Gaudenz, dritter Fürst etc. etc., war aber der erste aus Huturm, der mit dieser Bahn fuhr: in die Hauptstadt zur Sitzung des Herrenhauses, dessen lebenslängliches Mitglied er war.)

„Ich weiß nicht", sagte der Henscheid.

„Red deutlich, sonst versteh ich dich nicht", sagte der Lehrer Hahn.

„Ha?"

„Red *deutsch*. Einigermaßen. Nicht wie deine Küh'."

„Ich weiß nicht", sagte der Henscheid, der die Kühe hütete, übrigens jede Kuh kannte, genau wußte, welche wem gehörte, auch quasi der Viehdoktor war. Der echte Veterinär, der gekommen war, um der besten (preisgekrönt!) Milchkuh: „Palme" des Blobschwandtner beim Kalben zu helfen, kam nicht zurecht, aber der Henscheid griff bis zu den Schultern in die „Palme" hinein – und dann ging's. Der Veterinär war etwas pikiert.

„Wieso? Was meinst du, daß du nicht weißt?"

„Jaa – so", sagte der Henscheid. „Nicht gesund. Fürs Vieh nicht, für den Wald nicht, für die Leut nicht."

„Der Dampf, meinst du?"

„Überhaupts, mein ich. Zu schnell. Das geht nicht gut aus."

„Ich bin dafür", sagte der Lehrer Hahn, „wirst sehen. Eines Tages –", er machte eine wischende Geste: „– außi beim Tempel. Vielleicht grad da. Da auf dem Gleis."

„Wer? Die da oben?“
„Wer sonst.“
„Mir gingen's net ab.“
„Mir no' weniger.“

*

Der Polier nahm den Guggemot Fritz mit, wenn dort oder da, sogar in Bruck draußen, etwas gebaut wurde. Er war geschickter, anstelliger als ein gelernter Maurer. „Schad, daß er nicht gelernt hat, schad, hätt's Zeug zum Polier. Jetzt ist's zu spät.“

Der Kreuzwirt hatte sage und schreibe sieben Töchter: Maria, Anna, Katharina. Dann hieß es schon überlegen: Elisabeth. („– ja, richtig, wie die Kaiserin –“) Franziska. („– schon wieder kein Bub, sonst hätt's Franz geheißen, wie ich –“) Barbara. Beim siebten Kind, wieder ein Mädchen, fragte der Kreuzwirt verzweifelt den Pfarrer.

„Maria“, schlug der Pfarrer vor.

„Ham'er doch schon.“

„Ach so. *Anna* auch?“

„Ja.“

„Hm. Emerentia.“

Die Emerentia heiratete den Guggemot Fritzl, nachdem er vom Militär zurückgekommen war: Infanterie-Regiment No. 59 „Erzherzog Rainer“. Nach zwei Fehlgeburten und einem Kind, das nach drei Wochen starb, blieb eins am Leben.

„Wie soll es heißen?“ fragte der Pfarrer.

„Fritz, halt.“

„Also Friedrich, oder?“

„Jaja.“

12.

Wieder Jagd, wieder ein Erzherzog, ein anderer allerdings. Irgendein Sowieso Salvator und stark kurzsichtig, eigentlich schon eher: halbblind, wollte trotzdem auf die Jagd. Wird ein Erzherzog von der Thronfolge ausgeschlossen, wenn er nicht auf Tiere schießt? Soll dahingestellt bleiben.

So stapfte also der Hohe Jagdgast auf den volksmundlich apostrophierten „Oanleffer" recte Elferkogel hinauf neben dem Fürsten, alle selbstverständlich in Jagdgrün, das Gewehr elegant mit der Mündung nach unten. Hinter ihnen, in Domestikengrau, die Jagdgehilfen, die – wie sie der Leser schon kennt – Patronessen, unter anderem Barbara, Franziska, Elisabeth usf. Lüfthauser, Kreuzwirts-Töchter, unter den Jagdgehilfen der Guggemot Fritz, der Maurer. Es war kein schlechter Nebenverdienst, was da abfiel. Der Fürst ließ sich nicht lumpen. Das Kesselgulasch wurde gewissermaßen demokratisch verzehrt, saß sogar Durchlaucht, sogar mancher Jagdgast aus der Abteilung A I im *Gotha* mitten unter den Treibern, die Schnapsflasche ging reihum, und selbst manche Diana wischte noch mit dem Ärmel über den Flaschenhals.

Damals, bei jener für den Friedrich Guggemot schicksalsschweren (und für den Fürsten beinah noch schicksalsschwereren, ja sogar schicksalbeendenden) Jagd, hatte der Maurer-Fritz nebst einem Burschen, einem gewissen Strominger Alois, die Aufgabe, die *Occasion* (französisch ausgesprochen), die „Gelegenheit" zu bedienen oder wie man da sagen soll. Die Herren Nimrode traten halt so „zur Seite", wenn – und so weiter. Aber für allenfalls – und wie in diesem Fall – mitvonderpartie-ende Damen (sagt man: „Weidfrauen"?) mußte eben jene *Occasion* geschaffen werden.

Auf deutsch gesagt: vier Stangen, die der Fritz geschultert hatte, und eine Plane, die der Strominger Alois aufgewickelt auf einer

Kraxe auf dem Rücken trug. Bei Bedarf rammte der Fritz die Stangen in die Erde … man kann sich's vorstellen.

Da sieht der Fritz, wie der Sowieso Salvator, dieses blinde Huhn, anlegt – auf was? Respektive auf *wen*? Der Salvator sagte später, nicht aufhörend, um Entschuldigung zu bitten, er habe akkurat den Fürsten für den Rehbock gehalten, der für ihn gedacht gewesen sei … „Fatal, fatal, wenn ich sage, so durchs Unterholz, man mußte meinen … fatal, fatal, aber Gott sei's gedankt …"

„Schmarren", dachte der Fritz, „Arschloch-Salvator, halbblinder."

Der Fritz, etwa zwei Meter hinter dem Erzherzog, holte mit der *Occasions*-Stange aus und haute ihm das Gewehr zur Seite, das im selben Augenblick losging. Der Schuß krachte in die Baumkronen. Daß die k. u. k. Hoheit dabei einen Adler erlegt habe, ist spätere Ausschmückung.

„Den Bock hätte er wahrscheinlich eh nicht getroffen", sagte der Strominger dann, ein erfahrener Jagdgehilfe, „aber den Fürsten garantiert."

*

Am nächsten Tag wurde der Fritz ins Schloß gerufen. Er zog sein Sonntagsgewand an, putzte sich die Schuhe – („und nimm ein neu's Schneiztüchl!") – ging hinüber. Einer in Livrée führte ihn hinauf in den ersten Stock. Der Schosulan – also der alte Schosulan war damals auch schon längst tot, Verwalter war jetzt der junge Schosulan, der schon nicht mehr so böhmakelte – „Durchlaucht möchte Sie sprechen", sagte Schosulan, „wenn Sie hier einen Moment Platz nehmen würden."

(*Sie* sagte Schosulan. So was!)

Der Fürst selber kam nach wenigen Minuten heraus, Fritz sprang auf, verlor den Hut, den er die ganze Zeit in den Händen gedreht hatte, und –

!was nicht alles!

– der Fürst bückte sich, lachte, hob den Hut auf und drückte ihn dem Fritz in die Hand. Dem zitterte die Luft vor den Augen.

„Guggemot heißen Sie?“

„Jawohl, Durchlaucht.“

„Kommen Sie. Sie werden gegen ein Gläschen Champagner nichts einzuwenden haben. Bitte hierher. Schosulan! Machen S’ die Flasche auf. Ja, lieber Guggemot, ich sag’s heraus, wie’s ist: Sie haben mir nichts weniger als das Leben gerettet.“

Guggemot murmelte etwas von: „Aber – ich – ja – so –“

„Nicht so bescheiden.“

Knall.

Schosulan schenkte ein.

„Auf Ihr Wohl, Herr Guggemot!“ (*Herr* Guggemot.) „Und ich will nicht versäumen, mich erkenntlich zu zeigen. Haben Sie –? Irgendeinen –? – einen Wunsch? – etwas, womit ich –?“

Guggemot murmelte wieder.

„Vielleicht – ich weiß was: Ich schenk’ Ihnen ein Stück See.“

Der Fürst trat zum Fenster. Es ging auf den See hinaus. „Dort drüben – sehen Sie? Ja, Schosulan, bitte merken Sie sich’s: dort die halbmondförmige kleine Bucht. Den Halbmond. Den schenk’ ich Ihnen. Schosulan, Sie erledigen das mit dem Notar und so weiter. Und nun nochmals: Prost!“

*

So kam der Guggemot Friedrich vulgo Maurer-Fritz zu einem Stück des Huturmer Sees. Frau Emerentia Guggemot greinte: „Hätt’ er dir nicht ein Stückl *Land* schenken können?“

„Weiber sind immer unzufrieden“, sagte er später zum Lehrer Hahn, den er am Florianibrunnen traf.

„Und was hast’ vom Erzherzog kriegt, vom Salvator, vom halbblinden?“

„Vom Erzherzog?“ sagte der Fritz erstaunt.

„Aha“, sagte Hahn, „der Dank des Hauses Habsburg.“

*

Der Fritz schüttete die Bucht auf. Drauf ein Haus, so langsam nach und nach. Es läuft ja so dies und jenes mit von jeder Baustelle, was dort nicht mehr gebraucht wird. *Oder so.* Ein Sack Zement, ein paar Ziegel. Der Polier macht's ja selber auch nicht anders. Ist Maurerbrauch. Der Bauherr spürt's nicht. Der Architekt spürt's nicht. Ist nicht einmal eine Sünde. Wahrscheinlich. Braucht nicht gebeichtet zu werden. Wahrscheinlich.

Der sozusagen dritte Fritz wuchs dann schon im Haus am See auf.

13.

Es war dann nicht mehr der Lehrer Hahn. Es war auch nicht mehr das enge Schulhaus mit nur dem einen Raum. Der Fürst hatte – tief? – jedenfalls nicht grad flach in die Tasche gegriffen und ein neues Schulhaus gestiftet, wofür er sogar nicht nur ein Stück See, sondern ein Eck des großen Parks herausbeißen hat lassen. Hahn war, nachdem *quiesziert*, aus Huturm weggezogen, wer weiß wohin, dorthin vielleicht, wo er hergekommen war. Der neue Lehrer hieß Guthaus, mit Vornamen Alfons, und er brachte eine unglaublich dicke und große Frau mit, einen Kopf größer als ihr Mann.

In Körperdicke konnte sie es mit der Hasenbergerin (die lebte immer noch) aufnehmen, nur war die Tür vom Schulhaus breiter, wo auch die Lehrerwohnung war.

Auch die Schulpflicht hatte sich nun – gut Ding braucht eben Weil – bis in diese Gegenden hier herangeschlichen, und der Fritzi, der dritte Friedrich Guggemot, absolvierte, wenn man ein so großes Wort auch bei der k. u. k. Elementar-Schule zu Huturm gebrauchen darf, vorschriftsgemäß alle acht Klassen, ohne NB! einmal sitzenzubleiben.

Bei ihrem und ihres Mannes Antrittsbesuch beim Fürsten trug sie einen kuhfladenfarbenen Hut von der Größe eines Wagenrades mit gelben und blauen Federn sowie künstlichen Weintrauben. So etwas war bis dahin in Huturm nie gesehen worden. „Gut, daß das Vieh auf der Alm ist", sagte der Leherbauer, der im *Mohren* am geöffneten Fenster saß und sich, ohne das Bier loslassen zu müssen, hinauslehnen konnte, als die Frau Hauptlehrerin Guthaus vorbeiwallte.

„Was meinen *Sie*, Schosulan?" fragte der Fürst nach geendeter Audienz.

„Der Hut ist nicht das Schlimmste. Sie dichtet." Schosulan deutete auf das in Seidenpapier gewickelte Päckchen, das die Guthaus submissest überreicht hatte.

Der Fürst wickelte es aus:

LEOKADIA GUTHAUS BUNTES ALLERLEI VOM MALER HERBST Gedichte und Gedanken

„So", sagte der Fürst. Seine persönliche Lektüre erschöpfte sich in der Zeitschrift *Wild und Hund*, im *Gothaischen Genealogischen Kalender* und im Armee-Schematismus. „Wollen Sie's haben? Oder wir tun's ins Raritätenkabinett neben die Frösch' in Spiritus."

Frau Guthaus gründete auch einen Damenzirkel. Ist ja nichts dagegen zu sagen: lasen sich Gedichte vor, nicht nur das *Bunte Allerlei vom Maler Herbst*, sondern auch Goethe und Schiller, Grillparzer und Anastasius Grün. Die Frau vom Arzt war auch bei dem Zirkel (er wurde, wirklich zirklich, umzechig bei den Damen abgehalten), vom Arzt, der sich unlängst hier niedergelassen hatte, „Doktor Wind" hatte schon länger den letzten … Nein, nein. Friede seiner Asche.

– dann die Frau des Gemeindesekretärs, des Gendarmerie-Postenkommandanten, des Bahnhofsvorstandes –

Einzig der Pfarrer war zugelassen. „Der ist ja doch", sagte die Guthaus, „als zölibatär quasi-weiblich."

(Dieser Ansicht war man nicht allgemein. Insbesondere war eine gewisse, so munkelte man, Odette Schupfhäubl nicht dieser Ansicht, die regelmäßig im Sommer drei Wochen der Erholung in Huturm verbrachte, zwar im *Silbernen Hammel* wohnte, aber – und schließlich die Sache mit der Anna, der zweitältesten Kreuzwirt-Tochter, von der, sowohl von der Sache als auch von der Anna, noch die Rede sein wird.)

Es sei dem, wie ihm wolle. (Eine schöne Redewendung, nicht? Ist ja auch von Goethe.) Ab und zu beehrte der Herr Hochwürden

den Damen-Zirkel und steuerte sogar in vorgerückter Stunde Schnurren aus dem Priesterseminar bei, was bei Lachanfällen seitens Frau Hauptlehrer Guthaus bis an die Grenze der Resonanz-Katastrophe führte.

Und ist ja auch wirklich nichts dagegen zu sagen. Besser als gar nichts. Und das Krippenspiel, das die Guthaus gedichtet hat, war sehr nett. Am dritten Advent. Die paar Anleihen bei Stifter hat niemand bemerkt. Und das Festspiel anläßlich –

Weiter-Ausholung.

Der neue Fürst hatte sich verspekuliert. Ein gewisser Hartmann, Ingenieur angeblich oder sogar Professor, aus Berlin („– kommt schon nichts Gutes von dort. 1866!"), überredete den Fürsten, sich an Bohrungen nach Petroleum in Schlesien zu beteiligen.

„Wo Sand ist, Durchlaucht, ist Petroleum. Denken Sie an Arabien und Galizien."

Aber in Schlesien war offenbar *nur* Sand, und auf diesen war Herrn Prof. Ing. Hartmanns Projekt gebaut und in diesen versickerte ein beträchtlicher Teil des fürstlichen Vermögens. Den ganzen Wald oberhalb der Bahnstrecke verkauft. Die Fischereirechte am See verkauft. Den Schnatterpeck-Altar, spätgotisch, aus der ehemaligen Klosterkirche, bei deren Renovierung zugunsten eines bunt-scheußlichen Neobyzantinismus in die Hauskapelle verbannt: verkauft an das Museum in Boston. („Wie? was? Posten? Wo ist Posten? Womöglich protestantisch, wenn nicht gar …") Wenn man, cum grano salis, von einem Hungertuch sprechen kann, an dem der Fürst nagte, so war es doch ein kostbar goldbordiertes solches. Am meisten leid tat es ihm um das Gestüt, das der Rothschild-Emissär gekauft hatte …

Die Rettung kam in Form von Fräulein Verena von Brandhuber. „Von Brandhuber? Brandhuber?" hätte die Marschallin aus dem *Rosenkavalier* gefragt: „Sind's keine Hiesigen?" Doch, im weiteren Sinn schon. Hat zwar nicht „die Lieferung für die Armee, die in den Niederlanden steht", aber die für die Militärgrenze. *Franz Joseph* hieß der erste Sohn, der aus der Feldenwerth-Tragans-

und – (horribile dictu) – Brandhuberschen Ehe entsproß, und, „wenn der arme Teufel schon nicht Kammerherr werden kann und den goldenen Blatschari, weißt schon: *Pretium laborum non vile*, nie kriegen wird und höchstens, allerhöchstens als Leutnant zu die böhmischen Lothringer-Dragoner kommt“, sagte der Sektionschef vom Heroldsamt zu seinem Kollegen vom Hausministerium, „dann sollte man Majestät vielleicht dazu bewegen, ihm den Taufgöden zu machen. Ich werd’ die untertänigste Proposition vorlegen.“

So kam der Kaiser nach Huturm, das zweite Mal in seinem Leben.

Wiederholt hat der Kaiser gnadenhalber den Paten gemacht, sogar für Bürgerliche: beim siebzehnten Kind etwa, aber fast nie ist er selber hingegangen, hat immer eine Hofcharge geschickt. Warum hier? Erinnerte sich der Kaiser …? … dunkel? Oder war es so, daß er ohnehin in der Nähe war, zur Jagd oder den Vetter „Sachsen“ zu treffen – das ist eher wahrscheinlich. Aber jedenfalls eine große Ausnahme.

Der Hofzug hielt oben am Bahnhof. Die Nervosität unbeschreiblich. Der Ort vor lauter Festesfreude nicht mehr wiederzuerkennen. Die Feuerwehr. Die Musik – *Radetzky-Marsch* schon bevor der Zug in Sicht war. Glocken. Fahnen. „Gott erhalte …“ Triumph-Pforte (aus Sperrholz, aber schön geschmückt), Ehrenjungfrauen, Böller, „Habt! Acht!“ Durchlaucht selbstverständlich. Der Stationsvorsteher vor Wichtigkeit der Ohnmacht nahe.

Dann ER.

Getragen: „Gott erhalte, Gott beschütze …“ Hunderte aufgerissene Mäuler, die Hymne in das Kaiserwetter entlassend. Normalerweise ist die Gegend von Huturm und dem See ein sogenanntes Regenloch. „Kaiserwetter“ ist nicht eigentlich ein meteorologisches Phänomen, sondern eine geheimnisvolle Eigenschaft, die der Kaiser, Franz Joseph der Erste, sozusagen mit sich führte. Wo er hinkam, schien die Sonne.

So auch in Huturm.

ER stieg, mit freundlicher Bedächtigkeit, aus dem Zug, nickte, grüßte, indem er leicht die rechte Hand hob. Ein bißchen, als ob etwas Schweres?, etwas nicht ganz Leichtes da in der Hand ruhte: unsichtbar der Reichsapfel?

ER betrat huturmischen Boden.

Jubel.

Als erster tritt der Fürst vor. „Ah, Feldenwerth-Tragans, freut mich, dich zu sehen." (Er sagte *du* zu allen Offizieren.)

„Er schaut aus", flüsterte der Giggerhofer, „genau so, wie er ausschaut."

Dann das Festspiel, das die Leokadia Guthaus gedichtet hatte. Die Anleihen bei Schiller wird der Kaiser nicht merken. „Nicht zu lang!" hatte der Bürgermeister gedroht. Es war auch nicht lang, schon weil die Darsteller sich gar nicht so viel Text merken hätten können.

Das Festspiel. Der Titel: *Viribus unitis*, der Leit- und Leibspruch des Kaisers. Kurz die Handlung: Zwei Nachbarn streiten und bemerken nicht, daß ein Dieb drauf und dran ist, in die Häuser einzubrechen. Zufällig kommt der Kaiser – auf der Jagd befindlich – dazu, schlichtet den Streit, und mit *viribus unitis* vertreiben die Versöhnten den Feind.

Wer spielt den Kaiser? Als der Maurer-Fritz, der Friedrich Guggemot, vom Friseur (auch eine neue Errungenschaft des Ortes: *Frisier-Salon Gseller*) mit einem grauen Kaiserbart beklebt worden war – die Original-Halbglatze, schmal und edel, hatte er von selber –, schrien alle: „Wie er leibt und lebt."

Der Guggemot hatte das letzte Wort im Spiel. Welches Wort? Welches Wort wohl? Er verabschiedet sich von den Versöhnten: „Es war sehr schön, es hat mich sehr gefreut."

Es ging wie geschmiert. Man hatte Tag und Nacht geprobt. Keiner blieb stecken. Der Kaiser im tannenreisig-geschmückten Sessel applaudierte freundlichst, ließ es sich nicht nehmen, den Darstellern die Hand zu drücken, und als zuletzt der Fritz dran war, da standen sie einander also gegenüber –

„Es war sehr schön“, sagte der Kaiser (der echte), „es hat mich …“ Er stutzte, dachte nach, lächelte und: „… es hat mich sehr gefreut.“

*

Einzig unvorhergesehen: Man hatte auf dem Marktplatz das große Willkommensgruß-Transparent auf der einen Seite am heiligen Florian befestigt, genauer gesagt: an der Standarte, die er in der rechten Hand hält. *Hielt.* Sie brach ab. „Müssen wir irgendwann erneuern“, sagte der Bürgermeister.

14.

Die Lebensläufe der beiden ältesten Lüfthauser- sive Kreuzwirt-Töchter klafften diametral auseinander, obwohl von einem Zentralpunkt ausgehend, welcher *Fornlein* hieß: Hochw. Herr Joseph Maria Fornlein, Pfarrer zu Huturm, Dr. der Theologie. Er war zerfressen von Ehrgeiz. Daß er dort nach Huturm versetzt worden war, in diese hinterwäldlerische – im Fall der geographischen Lage Huturms: am See, also hinterseeische Pfarrei, verdankte er der Intrigue in der bischöflichen Kurie. Er ließ es sich „bis zu die Kniescheiben herunter" heraushängen, daß er sich für was Besseres hielt. Für *viel* zu gut. Werkelte an seiner Reputation beim Domkapitel, bis er seinerseits den Intriganten hinwegintrigiert hatte. Aber das war alles viel später, und weiter als bis zum Dekan von Bruck brachte er es damit auch nicht.

Er hatte einen schiefen Mund –

„Na – eig'nlich … s'ist schwer zu sagen. Er verzieht den Mund, aber den einen Mundwinkel nach oben, den andern nach unten. Gleichzeitig!"

Und tiefliegende Augen, ganz grau die Haut drum herum, immer ein wenig gebückt, immer irgendwie beleidigt wirkend, was auch auf die etwas blecherne Stimme zurückzuführen war. Und immer auch eher langsam. Als der Weihbischof damals zur Amtseinführung Pfarrer Fornleins gekommen war, sagte er, er gratuliere der Gemeinde, daß sie „so einen im Herzen frommen Hirten" erhalte.

„Im Herzen schon", sagte – wer wohl? – der Lehrer Hahn.

Anders der Kooperator, „der Herr Koprater", der Frühmesner. Er hieß Wasserer und war schlichtweg ein schöner Mensch. Ein Apoll. Die blonden Locken. Groß und breit. Diese Hände!

„Sünd' und schad", sagte die Blobschwandtnerin. So einen Schwiegersohn hätte sie gern gehabt anstatt des Dodls von Kernbeiner Matthis, den die Tochter geheiratet hatte. Verheiratet wurde. Er hatte über hundert Stück Vieh und soll die Säge in Glaubermoos drüben demnächst erben. Der Onkel hatte schon zwei Schlaganfälle.

Aber der schöne Kooperator unterlag keiner Anfechtung von weiblicher Seite, so runde Augen ihm diese und jene machte. Mehrere *diese* und mehrere *jene*. Der Lehrer Hahn verbreitete den Witz, daß des Kooperators Mutter in Linz draußen gesagt habe: „Ich habe zwei Töchter. Die eine ist in Urfahr verheiratet, die andere ist Kooperator in Huturm." Selbstverständlich wurde der Spruch (ob der überhaupt wahr ist?) umgehend dem Pfarrer hinterbracht, der dann am nächsten Sonntag in der Predigt die Sünde der Verleumdung geißelte.

Guggemot sagte danach, als er mit den andern vor der Kirche noch eine Weile herumstand: „Der, den's betrifft, hat es nicht gehört."

„Die, die's betrifft, hören's nie, weil sie nicht in die Kirche nicht gehen."

„So gesehen, hätt' sich der Pfarrer die Predigt sparen können."

„So gesehen, könnt' sich jeder Pfarrer jede Predigt sparen."

Dennoch zielte der Verdacht, als die Anna Lüfthauser, die eine von den zwei Kreuzwirt-Töchtern, die im Pfarrhaus als „Häuserinnen" beschäftigt waren, schwanger wurde, auf den schönen Frühmesner Wasserer.

Aber Anna verschwand, packte Taschen und Bündel, fuhr mit dem Zug davon, ohne zu grüßen. Ob der Kreuzwirt, der Lüfthauser, ob die Wirtin wirklich nicht wußten, wo ihre Anna hin ist, oder ob sie nur so taten, weiß man nicht. Man hat niemals mehr etwas von ihr gehört. (Fast.)

Anders die Maria, die älteste von den sieben Kreuzwirt-Töchtern: freundlich, hilfsbereit, immer fröhlich; tüchtig und geschickt; hebt jeden Käfer auf, damit er nicht zertreten wird; von innen heraus gottesfürchtig. Sie trat, nachdem ihre Schwester den Dienst – nun ja – aufgekündigt hatte, in das Kloster Maria Haag ein (Benediktinerinnen), ging dann in die Mission. Eine Postkarte kam einmal. Die Posthalterin zeigte sie herum, obwohl sie das freilich nicht gedurft hätte, aber wegen der schönen, fremden Briefmarke: aus *Kamerun.*

„Oh mei oh mei. Kamerun!"

„Wo ist denn das?"

„Weit weg."

„Wieso *weit weg*, woher weißt' d' das?"

„Das klingt schon so weit weg. *Kamerun.*"

*

Katharina, die dritte, die intelligenteste von den Kreuzwirt-Töchtern, half schon aus, da war sie keine zehn Jahre alt, die sechsjährigen ABC-Schützen hilfsweise zu unterrichten, wenn der Lehrer Hahn wieder einmal anderweitig beschäftigt war: in die Bezirksstadt gefahren oder gar noch weiter. („Entweder: eine Schnallen dort oder womöglich andere Revoluzzer.") Hahn sorgte dann dafür, daß das Mädchen ein Stipendium bekam und auf die Lehrerinnen-Bildungsanstalt gehen konnte. Sie absolvierte mit Auszeichnung. Der Landeshauptmann überreichte ihr eine Medaille. Ab und zu kam sie in ihren Ferien nach Hause nach Huturm. Geheiratet hat sie nie, durfte sie ja nicht: als Lehrerin. So war das damals, lange noch.

Geheiratet hat, außer der Emerentia, davon war schon die Rede, die Zweitjüngste, die Barbara. Sogar sehr gut geheiratet, nach auswärts. Der nicht mehr ganz junge – spätere – Bräutigam hat sie im väterlichen Wirtshaus kennengelernt. Ein stattlicher Mann mit großen Händen. Witwer seit ein paar Jahren. Er war mit einer großen Fuhre, zwei Wägen, acht Roß, von Bruck hereingekommen, hatte unter anderem gußeiserne „Tram" geliefert für die neu zu errichtende Käserei im Schloß. Er hatte beim Kreuzwirt ein Gabelfrühstück eingenommen. Die Barbara, siebzehn Jahre alt, hatte bedient.

Er kam dann auffallend oft, auch wenn er nichts zu liefern hatte. Ein schwerer Mann, ein geldschwerer Mann, legte einen goldenen Zwanziger als Trinkgeld hin: der Barbara. Eines Tages. Die Barbara errötete.

„Ich bräucht' eine Frau. Wieder."

Die Barbara errötete noch mehr, sagte nichts.

„Und?"

„Wenn der Vater einverstanden ist."

Lüftl hieß er, Lorenz. Ein merkwürdiger, leichter Name für so einen schweren Menschen. Aber er hatte Hirn. Als die Bahn gebaut wurde und als so mancher andere, der ein Fuhrgeschäft betrieb, „auf die Gant ging", stellte er rasch auf Zulieferung für die Bahn um, kaufte einen Lagerschuppen neben dem Bahnhof und so fort. Außerdem eine Mühle in Peyling. Dann eine in St. Andrä. Es war eine gute Ehe, eine bürgerliche, satte Ehe, aber von den vier Kindern, die die Barbara gebar, überlebte keins seine ersten zwölf Stunden.

*

Fanny wurde sie genannt, eigentlich: Franziska. Eine andere Kreuzwirt-Tochter. Bei der Geburt ging etwas schief. Fanny blieb ein Zwerg, bucklig außerdem und schief. Eine kleine Kugel.

– und ein fröhlicher Mensch, wenngleich das Wort vom „… wie's da drin ausschaut …" auch hier zutreffen dürfte. Ausgleichende Gerechtigkeit kann man's nicht gerade nennen, aber eine gewisse Entschädigung für die Fanny waren zwei Dinge: erstens, daß sie scheinbar nicht älter wurde, sah immer gleich aus, die Zeit blieb schon deshalb für sie und für alle, die sie sahen, gewissermaßen stehen, weil sie immer das gleiche blaue Kleid mit dem weißen (blütenweißen, weißer als weißen) Kragen trug, nur wenn sie am Herd stand, eine Schürze drüber.

„Die Fanny? Ja, ein lieber Mensch. Immer lustig, obwohl … Sie verstehen. Also ich kann mich nicht erinnern, daß sie je anders ausgeschaut hat. Kann mich nicht erinnern."

Und die beste Köchin weitum. Eine Kochkünstlerin! Hat es nie gelernt, nie einen Kurs gemacht, nichts. Alles aus sich heraus. Was die aus *einem einzigen Ei* zaubert – ja: zaubert. Es hatte ja auch etwas Magisches, wenn diese Zwergin mit den grauen, dünnen Haaren, zu einem Dutt gebunden, an ihrem Herd werkelte, einmal ganz langsam, ganz bedächtig zelebrierte, dann wieder wieselflink drei, vier Zubereitungs-Gänge abspulte, gleichzeitig rührte und dämpfte und wendete und schürte, geduckt von dieser Seite des Herdes auf die andere lief. (Bewegte sie die Füße? Oder war sie auf Rollen? Der lange Rock verbarg es.) Die Butter *unterzog*. Den Teig *ziehen ließ*. Und dergleichen.

„*Saure Lunge* beim Kreuzwirt, ich sage Ihnen: Ein Gedicht ist zu wenig … eine Ballade."

„Also ich, für mein Teil, Herr Sektionschef, ziehe ihren *Marillen-Rostbraten* mit sautiertem Weinkraut vor – ein Gaumenfest."

„Wenn Sie noch nie die *Ente à l'orange* hier gegessen haben, Herr Kommerzialrat, oder das *Mondseer Beuscherl*, dann wissen Sie nicht, was kulinarisch ist."

„Ich sage immer, gnädigste Baronin, daß komplizierte Dinge zuzubereiten, so komisch das klingt, *einfach* ist. Aber so etwas wie einen schlichten *Rohnen-Salat*, wie ihn diese Fanny macht …"

„Nichts geht, lieber Herr Professor, über ihren *Tafelspitz* – was die aus einem Bürgermeister-Stück *zaubert*, ich sage: zaubert … dieser Tafelspitz, lieber Herr Professor, den essen Sie nicht, der schwebt Ihnen in den Mund!"

„Ich geb's zu, ich bin ein sogenannter Süßer. Na ja – bin nicht allein auf der Welt mit dieser Vorliebe. Und ich sage Ihnen, verehrter Herr Collega: Ich hab' schon im Sacher gegessen, ich hab im Demel gegessen, beim Camillo Studer in Zürich, im Pupp in Karlsbad, Suchard in Bern, sogar – sollte Ihnen etwas sagen: bei Pierre Hermé in Paris … aber … *aber*: die *Rosenmakronen* dieser Fanny hier! Unerreicht! Die *Szomlauer Nockerln*! Pyramidal!"

„Das *Rebhuhn*", sagte ganz, ganz langsam mit zum Himmel gewandtem, leicht glasigem Blick der pensionierte Oberst Köllensberger und streckte wohlig seine Knopfstiefeletten unterm Tisch aus, „das Reb-huhn, das ich am acht-zehn-ten August vorigen Jahres hier –“, er deutete auf den Tisch, an dem er saß, „– gegessen habe, ist mir un-ver-geß-lich.“

Sie wehrte sich dagegen, daß die Küche, *ihre* Küche modernisiert wird. Der jahrzehntealte, zentimeterdicke Ruß am Gewölbe blieb. Die Kupferpfannen, Schüsseln, „Reindln“ blieben – immer blitzsauber, versteht sich. Der Ruß oben, ja, aber das Geschirr unten blitzt. „Der Ruß bleibt. Das ist sauberer Dreck“, sagte sie. Nur eins: Weil sie so klein war und nicht auf den Herd überall hinlangen konnte, wurde eine Art Stufe, ein kniehoher Antritt um alle vier Seiten des Herdes herumgezimmert, auf dem Fanny hin und her laufen und jeden Topf und jede Pfanne mühelos erreichen konnte.

Als nach dem Tod des alten Kreuzwirts das Haus an den Fritz überging, den, trotz sieben Töchtern, einzigen Enkel (besser gesagt: einzigen faßbaren und legitimen Enkel), war der Ruhm der Küche des Kreuzwirts längst in alle Verästelungen des Tourismus gedrungen, der diese noch unberührte, von See und Wald und guter Luft begünstigte, durch nicht zu Felsichtes die angenehm spazierisch gemäßigte Horizontalität beeinträchtigende, für sowohl wohlbetuchte als auch -beleibte Herrschaften, vornehmlich pensionistischer Schicht angehörend geeignete Gegend schon länger erreicht hatte.

Was für ein Satz. Aber er mußte sein, um die sanft dahinwandelnden Damen und Herren – im luftigen Schneiderkostüm respektive Listerjacke – in ihrer breiten Gemächlichkeit zu illustrieren.

Huturm am See, ich weiß es gewiß,
ist kurz und gut ein Paradies.

So stand unter anderem im Gästebuch, das der neue Wirt, der bald Hotelier sein wird, den Gästen hinhielt.

Der Gast, den der Aufenthalt zu den beiden Zeilen inspiriert hatte, unterzeichnete mit: *Ennsfellner Johann Nep.* und fügte die wohl schönste Standesbezeichnung hinzu, die es gibt: *Privater.*

*

Bleibt die Elisabeth, die Lissi, um von ihrem Geschick zu berichten. Ein Sorgenkind. Sie war vielleicht acht Jahre alt, da kam ein Circus nach Huturm, schlug sein Zelt auf der großen Wiese hinter dem Blobschwandtner auf. Elisabeth war, wie ja alle Kinder, begeistert. Sie drängte und bettelte, bis ihr die Eltern das Geld gaben, damit sie jede der vier Vorstellungen anschauen konnte, die der Circus hier gab. Dann zog er weiter.

Lissi war verschwunden.

„Das Gesindel hat das Kind entführt!"

„Zigeuner."

„Ich hab's gleich gesagt."

Keine Rede davon. Mit einiger Mühe bekamen die Kreuzwirtsleute heraus, wo der Circus hingezogen war. Lissi, im rosa Trikot, probierte schon auf dem Seil.

Eine Woche aß sie nichts, aus Trotz, drei Wochen redete sie nichts, saß in der Schule mit gekreuzten Armen da und „schaute wie eine geschwängerte Katz'", so der Lehrer.

Mit vierzehn brannte sie durch, ohne daß ein Circus im Ort gewesen wäre. In Linz schlich sie sich, so rekonstruierte man später (sie selber sagte – bockig – gar nichts), auf einen Donau-Dampfer. Tatsächlich wurde sie nicht entdeckt, hatte sich vielleicht in einer leeren Kabine versteckt. Wovon sie sich ernährte? Vielleicht von dem, was die Passagiere am Teller übrigließen. Sie stieg aus, als der Dampfer bei einer großen Stadt anlegte, so nach zwei, drei Stationen. Sie fragte einen Menschen, der ihr vertrauenswürdig schien, wie sie in die Puszta käme, dorthin, wo man Pferde züchte.

Aber sie war buchstäblich auf dem falschen Dampfer und in Ulm. Die kgl. württembergische Polizei griff sie auf und schickte sie per Schub nach Hause.

„Wie hat denn die Polizei herausgefunden, wo sie hingehört? Wo sie selber keinen Laut von sich gegeben hat?“

„Sie hat das Gebetbüchl dabeigehabt, und da ist der Name dring'standen. Und: *Huturm am See.*“

Sie weigerte sich, irgendeine Lehre anzutreten. Sie weigerte sich, im elterlichen Gasthaus zu bedienen. Es kam dem Schosulan, dem Verwalter, zu Ohren. „Gebt's den Wildfang zu die Pferd' –?!“ Da war Elisabeth glücklich, pflegte, striegelte, streichelte die Pferde im Stall im Schloß und draußen auf der Weide. Sie schlief in der Sattelkammer, ritt – man denke! – in Hosen. Sie hielt es ein paar Jahre aus, gern sogar. Die Pferde dankten es ihr, hatte man das Gefühl. Aber am Tag, als sie *majorenn* wurde, war sie weg. Endgültig. –

Was niemand in Huturm wußte, was nie jemand hier erfuhr: „das Mondkalb verriet es mir im Stillen“: In türkischen Männerkleidern ritt sie jahrelang durch das Hochland von Anatolien, lernte einen wandernden Geschichten-Erzähler kennen, den sie begleitete, sah dann schon aus wie ein Mann: zerfurcht und gegerbt; er starb in ihren Armen und vermachte ihr seine Geschichten: an die zweihundert. Es gibt einen Reisebericht aus der Zeit:

> Voyages throu Mountains and Valleys of Asia Minor
> by Frederick Brudernell Lord Fryarsham OBE MVO

in dem der Lord berichtet, daß er einem bemerkenswerten Geschichtenerzähler begegnet sei, den man *Kulübe Kule* genannt habe. Er, der Lord, habe zwar selbstverständlich kein Wort verstanden, dennoch habe er sich zu den Männern gesellt, die um das Feuer aus Kamelmist gesessen seien, und er habe fasziniert dem rauhen, langsam tröpfelnd beginnenden und dann immer melodischer werdenden Singsang zugehört, mit dem dieser Kulübe Kule (so übersetzte notdürftig des Lords einheimischer Reisebegleiter) das Märchen vom unsichtbaren Pferd und der dreibrüstigen Hexe erzählte.

– und er wußte nicht, daß es die Lüfthauser Lissi war, die Kreuzwirt-Tochter von Huturm.

Ein anderer Engländer, der Lord Fryarshams Buch gelesen hatte, der Hobby-Ethnologe Algernon Nipple, suchte einige Jahre danach die betreffende Gegend auf und fragte nach jenem Kulübe Kule, dem Geschichten-Erzähler, mußte aber erfahren, daß er weitergezogen sei.

„Wohin?"

„– ?? –"

Vielleicht erzählte ein „tibetanischer" Barde den Nomaden auf dem Hochplateau von Pamir das Märchen vom unsichtbaren Pferd und der dreibrüstigen Hexe.

15.

Nicht alles geht parallel. Die neue Fürstin – „… die so gut wie bürgerliche Mamsell et cetera …" – gebar nicht wie die Kreuzwirtin sieben Töchter, auch nicht sieben Söhne: nur vier. Franz Joseph Carl Emanuel Ludwig, Leopold Hartmann Ernst, Joachim Maria Schnee Oswald (– was hatte der in der Kadettenanstalt nicht zu leiden! unter dem „Maria Schnee", als das einmal durch Zufall … und obwohl es Joachim verborgen zu halten versucht hatte: aber die Mutter, zunehmend fromm werdend, hatte es so gewünscht, „Maria Schnee", weil er in der Nacht zum 5. August zur Welt kam – Fest *Maria Schnee*, nicht gebotener, aber fakultativer Feiertag –) und Wilhelm Hyazinth Gundakar. Die Fürstin hatte innigst gewünscht, daß einer ihrer Söhne die geistliche Laufbahn einschlagen möchte. Keiner tat ihr den Gefallen, der „Maria Schnee" schon gar nicht.

Der Älteste, jener Franz Joseph usw., zu dessen Taufe der Kaiser, um ihn aus dieser zu heben, nach Huturm gekommen war, mußte doch nicht bei irgendwelchen böhmischen Dragonern dienen. Weil er über einen Meter neunzig groß war, kam er als Leutnant zur Arcieren-Leibgarde. Ja nun, noch dazu als Paten-Sohn Sr. Maj.

Er kam auf Urlaub nach Hause, stieg aus dem Zug. „So ein fescher Mensch", flüsterten die zwei Töchter des Stationsvorstehers. Er stieg vorn aus, aus dem halben Erst-Klaß-Waggon. Aus dem Dritt-Klaß-Waggon hinten stieg eine Dame mit vier Koffern, können auch fünf gewesen sein. „Was ist denn das für eine?" flüsterten die Töchter des Stationsvorstehers. Sie wußten nicht, daß besagte Dame bis zur vorletzten Station vorn im Erst-Klaß-Waggon gesessen war. Beim Leutnant.

Der wurde von einem Bedienten im Zweispänner abgeholt.

Die Dame schnupperte, nachdem der Rauch der Lokomotive sich verzogen hatte, mit ihrem blassen Näschen in der ihr, scheint's, ungewohnten Landluft herum und fragte dann nach einem „Träger".

Die eine der Töchter des Stationsvorstehers, die heraußen geblieben war, machte einen Knicks: „So was ham mir nicht hier, gnä' Frau, aber wenn wollen, trag ich die Koffer hinunter. Wo steigen ab?"

Nicht im Kreuzwirt stieg sie ab, sondern im *Silbernen Hammel*. *Antonie Salamanca* schrieb sie. Schrieb sie selber in das vom Wirt (behördlich angeordnet) geführte Fremdenbuch. „Wie bitte?" „Salamanca." „Schreib'n S' das, bittschön, selbsten." So stand also *Antonie* in der ländlich-wirtlichen Schreibschrift im Fremdenbuch und *Salamanca* in der zierlichen, sichtlich Autogramm-gewohnten Damenschrift des neuen Gastes.

„Charakter?" fragte der Wirt. Womit man damals den Beruf meinte.

„An sich kennt man mich", sagte Frau Salamanca (*die* Salamanca), „Actrice."

„Schreib'n bitte das auch selbsten."

Es wurde beobachtet, daß Frau Salamanca in den folgenden Tagen mehrfach auf der neu angelegten Uferpromenade spazierte. Allein. „Nicht einmal ein' Hund hat's dabei."

„Was tut's dann die ganz'n Täg'?"

„Sie erholt sich."

„Aha."

Der Reisepaß! Den sie, so war die Vorschrift, vorweisen mußte. „Nichts zu machen. – Tut mir leid, Gnädigste." Sie fand und fand den Paß nicht. „Ach quälen Sie mich doch nicht dauernd mit dieser Lappalie." „Tut mir leid, aber die Vorschrift." Es ließ sich nicht mehr hinauszögern ... im Reisepaß stand: *Krähwein*. *Antonie* allerdings stimmte. Geburtsort: Fischamend. Über die Jahreszahl des Geburtsdatums war leider – „... bei einem Gastspiel in St. Petersburg ..." – Tinte drübergeflossen.

„Jaja, die Russen."

Am dritten Tag ihres Aufenthalts bestellte Frau Actrice Salamanca einen Wagen.

Sie ließ sich nach Gumpen fahren, einen Weiler mit drei Häusern und einem schlechten Wirtshaus. Es war ein kalter, regnerischer Tag. Der Nebel lag drei Meter über dem See und kein Berg war zu sehen. Die Dame ging in der schiefwandigen Wirtsstube mit den niedrigen, kleinen Fenstern, nicht viel größer als Schießscharten, nervös hin und her.

„Mögen S' Ihnen net hinsetzen?" fragte die Wirtin, eine Frau, die um das älter ausschaute als *die Salamanca* bemüht war, jünger zu wirken, eine Alte also, knochigen Gesichts und mit dem landesüblichen dünnen Schnurrbart.

Die Salamanca musterte die Bank und den Tisch. „Nein, danke."

„Einen Schnaps? Oder einen Tee? Bei dem Wetter?"

„Nein, danke."

„Warten S' auf jemand?"

Die Salamanca überhörte die Frage und schaute in den Regen hinaus. Endlich kam ein leichter Einspänner, ein Jagdwagen, ein sogenannter *Gig*. Der Leutnant warf dem Wirt die Zügel zu und mußte sich fast zusammenklappen, um durch die Tür zu kommen.

Er gab der Wirtin einen goldenen Zehner, und sie führte dann die beiden hinauf. Im Zimmer stand ein Himmelbett, aus schwarz gewordenen Balken gezimmert. So hoch, daß man fast eine Leiter brauchte, um hineinzukommen. Ein wackeliges Waschgestell aus gebogenem, dickem Draht, ein blinder Spiegel und ein gewaltiges Kruzifix.

Die Salamanca schaute um sich. „Also ich tu' ja viel für dich, Notzl, aber manchmal meine ich …"

Der Leutnant griff ihr aber sofort unter die Röcke und … und eben „… und …"

„Hast es denn deinen Eltern gesagt?" stieß sie heraus, war schon nackt und bemüht, nicht zu dem riesigen Kruzifix hinzuschauen.

„Morgen“, keuchte der Leutnant. –

„Ist das nicht“, sagte der Wirt, „der Älteste vom Fürsten?“

„Geht uns nichts an“, sagte die Wirtin und versorgte den goldenen Zehner in der hintersten Küchenschublade.

*

So ging es drei Wochen. Ein Seeleninferno für beide. Dann mußte die Salamanca zurück ins Engagement. Ans Burgth... nein: Sommertheater im Kurhaus von Tetschen-Bodenbach. Sie setzte ihm das Messer an die Brust. Er rang nach Luft:

– Sollte er zuerst zur Mamà gehen?

– oder zuerst zu Papà?

– oder beiden gemeinsam unter die Augen treten ... nein, nein, das keinesfalls ... beide? Nein.

Er entschloß sich für Mamà.

„Setz' dich, bitte –“

„Was ist mit dir, Notzl?“

„Ich muß etwas Unangenehmes sagen –“

„Das habe ich schon die ganze Zeit vermutet, seit du da bist. So verdruckt – bist du krank?“

„Nein.“

„Hast du Schulden?“

„Nein.“

„Was dann? Sag nur, du willst eine Schauspielerin heiraten?“

Notzl nickte.

„Nein!“ gellte die Mutter. Der Fürst stürzte herein: „Was ist?“

„Er – er – er –“, sie deutete auf Notzl.

Ein junger Bedienter kam schnell herein: „Haben befohlen?“

„Schau'n Sie, daß Sie weiterkommen.“

Der Bediente verschwand wie aus dem Zimmer gesogen.

„– eine vom Theater“, sagte die Fürstin mit einer Stimme, die gar nicht mehr die ihre war. Dann fiel sie um wie gefällt.

*

Der Leutnant war entschlossen, alles aufzugeben, den elterlichen Zorn, ja: Fluch auf sich zu nehmen, aus der Armee auszuscheiden, auf alles, alles zu verzichten, reiste nach Tetschen-Bodenbach, erfuhr, kaum daß er seinen Koffer hingestellt hatte, daß die Salamanca seit vier Tagen die Geliebte des Brauereibesitzers Haslwanter aus Pfaffenhofen an der Ilm war, und erschoß sich in einem Waldstück, wo ihn eine Pilz-Sucherin fand.

*

Nur der Fürst war Fürst, alle anderen in der Familie waren – noch – Grafen: Primogenitur. Der älteste überlebende Sohn wird Fürst, wenn der Fürst stirbt, automatisch. Der älteste Sohn war tot. Die Protektion seines *Göden*, des Kaisers, beschränkte sich jetzt nur noch darauf, daß ein christliches Begräbnis erwirkt wurde: ein Unfall, kein Selbstmord. Ein Unfall beim Reinigen der Pistole.

Der Nächstälteste, Graf Leopold Hartmann Ernst, war eher kleinwüchsig. Möglicherweise war auch hier bei der Geburt etwas schiefgegangen. Kommt vor: beim Kreuzwirt wie beim Fürsten. Man erinnert sich an die Fanny. Mutz kränkelte. (So hieß er familiär: Mutz. Warum? Niemand weiß es.) Er hinkte und trenzte. Die Kadettenanstalt oder die Pagerie kamen nicht in Frage. Der geistliche Beruf? Wunschtraum der frommen Fürstin?

„Je nun“, sagte der Domkapitular Graf Schatzburg-Hofenpfeil, entfernt verwandt mit der fürstlichen Familie, der wieder einmal als Jagdgast in Huturm war, „je nun. Auch wenn er – salva venia – hinkt und stottert und trenzt und obwohl deine verehrte Gemahlin –“, er senkte die Stimme, „– du weißt, und so fort –“

„Aber fromm ist sie.“

„– Kammerherr kann er nicht werden, aber die Kirche ist nicht *so*. Auch wenn er nicht gerade eine imponierende Erscheinung ist, und so fort, der *Domherr* ist ihm sicher.“

„Ein Herzensanliegen meiner Frau!“ seufzte der Fürst.

„Körperlich unversehrt ist er ja, hat zwei Händ und zwei Füß, was ja eine Voraussetzung für die Priesterweihe ist. Und daß er nicht grad ein Apoll ist, schadet einer geistlichen Karrier' nicht. Denk an den Erzbischof – der schaut aus wie –"

„– wie ein Karpfen", lachte der Fürst.

„So deutlich wollte ich es nicht sagen", lachte aber auch.

„Aber –!" sagte der Fürst, hob die Arme hoch und ließ sie mit einiger Festigkeit auf die Armlehnen sinken.

Ja. Aber! Der hinkende, stotternde und trenzende Graf Leopold Hartmann Ernst Feldenwerth-Tragans, Erbgraf und künftiger Majoratsherr, strebte die Karriere als Gern-gesehener-Gast an: in Baden-Baden, in Spa, in Monte Carlo. Und in anderen Etablissements. Es war schwer zu sagen, wofür mehr Geld draufging: dafür oder für die vielen, vielen Behandlungen, denen sich der Graf „Mutz" in der Hoffnung unterzog, daß der eine Fuß länger wird. Daß das Stottern beseitigt wird. Oder wenigstens das Trenzen. Die Brandhuberschen Latifundien im Görzischen gingen allein für die horrenden Honorare eines gewissen Holzenius drauf, eines magnetischen Wunderheilers aus Bad Gurglach an der Schwippe.

Und zu allem Überfluß … man flüsterte in Huturm: eine galante Krankheit. Keine vierzig Jahre war der Graf Mutz alt, als er starb. Zum Glück erlebte es wenigstens die Mutter nicht mehr. Der Vater schon.

*

Beim „Maria Schnee", dem dritten Sohn, waren es die Pferde. Er mußte immer ein tadelloses Viergespann haben: alle viere exakt gleich. Rappen – Füchse – Schimmel, alle immer eines wie's andere bis auf den letzten Fleck auf der Stirn. Sehr teuer, so etwas. Und dann bekam eines von den vieren die Staupe oder die Brustseuche. Der Vierer-, nun nur noch Dreier-Zug zu einem Zehntel des Anschaffungspreises verkauft. Das nächste Pferd: den Lauterstall (oder Harnruhr) – wieder mit Verlust weg. Die Beschälseuche, die Scalma, das Faulfieber, die Rachenbräune – Rotz und Milzbrand, was nicht Pferde alles für Krankheiten haben können. Ganz zu schweigen von den Unfällen beim Rennen …

Der Fürst erfuhr erst nach dem Tod seiner Frau, welches Vermögen, ja Vermögen! die Mutter in diese Passion ihres Lieblingssohnes gesteckt hatte.

„Was?! Schrentewein!! Was?!" – Schrentewein hieß der Verwalter, der nach der Pensionierung des zweiten Schosulan angestellt worden war.

Schrentewein senkte den Kopf.

„Und das haben Sie mir nicht gesagt?"

„Ihre Durchlaucht, die Frau Fürstin selig, hat es mir ausdrücklich verboten."

„Darüber hätten Sie sich hinwegsetzen müssen."

Schrentewein senkte den Kopf noch weiter.

Der Fürst wendete das Blatt mit den Zahlen hin und her, deutete dann drauf: „Das ist doch eine Null zu viel? oder?"

„Ehrlich gesagt – eine zu wenig."

Der Fürst riß wütend das Fenster auf, schaute hinaus, als ob er noch irgendwo das Geld sehen könnte, das durch dieses und die anderen Fenster des Schlosses hinausgeworfen worden war.

„Bethmann in Frankfurt bietet relativ günstige Konditionen für eine Hypothek aufs Schloß."

„So. Bethmann in Frankfurt. Soweit ist es gekommen. Und Sie haben mir *nichts* gesagt."

„Durchlaucht – gestatten Sie mir … ich kann ja nichts dafür … Durchlaucht, Ihre Frau Gemahlin waren der Meinung, es sei …", er schluckte.

„Ich weiß", sagte der Fürst, „es ist *ihr* Geld gewesen." Er riß vor lauter Wut das Tischtuch mit einem Ruck vom Tisch, daß die alte Konfekt-Étagère aus Meißner Porzellan, die auf dem Tisch stand, in tausend Scherben zerbarst. „Holen Sie den Bethmann."

„Sehr wohl, Durchlaucht."

„Aber erledigen Sie das bis zur Unterschrift. Ich will ihn nicht sehen."

„Sehr wohl, Durchlaucht."

„Und lassen Sie die Scherben zusammenkehren."

„Soll versucht werden zu restaurieren?"

„Werfen Sie's in den See", brüllte der Fürst, „vielleicht hat der ersoffene Pater eine Freud' damit. Wer weiß, ob nicht das ganze Unglück …" – das Brüllen stürzte in Murmeln ab – „… ach was. Und rufen Sie meinen Sohn."

„Gräfliche Gnaden, Ihr Herr Sohn, wenn Sie Graf Joachim meinen, ist heute früh nach Ostpreußen abgereist, um … um …"

„Hinaus!" schrie der Fürst, „hinaus oder ich bring Sie um, obwohl Sie nichts dafürkönnen."

*

Die Zinsen, obwohl relativ, ja, relativ günstig, fraßen jedes Jahr ein Stück Wald, ein Grundstück in der Stadt …

Und der Fürst konnte das Wort „Pferd" nicht mehr hören, ohne sofort Sodbrennen zu bekommen. Die Versöhnung ließ auf sich warten. Erst als Graf Joachim, da war er schon über dreißig Jahre alt, eine Baronin Guelfenburg heiratete, nicht gerade ältester Adel, aber im Vergleich zu Joachims Mutter einigermaßen angängig, ließ sich der Alte herab, wieder mit dem Sohn zu reden. Die Schwiegertochter aber mochte er, nicht nur, weil sie ihrem Mann die Pferde sozusagen abgewöhnt hatte. Über den Enkel – er sollte der einzige bleiben – freute sich der Fürst. Franz Gaudenz Kaspar hieß der Enkel.

*

Vom jüngsten Sohn bleibt nicht viel zu sagen: Graf Wilhelm Hyazinth Gundakar. Er war der bravste, der einzige brave, eigentlich. Er brachte es bis zum Generalmajor und lebte nach dem Krieg, den er hauptsächlich in Galizien mitgemacht hatte, als freundlicher Junggeselle in Salzburg, wo er sich damit beschäftigte, alte Spieluhren zu sammeln.

16.

Da stapft der alt' Guggemot wieder ins Schloß", sagte die Bartlehnerin zur Leherbauerin.

„Was die zwei Krauterer miteinander z'reden haben?"

„Sitzen halt so beinander."

„Der Fürst und der Maurer?"

„Ich denk' mir, er ist froh, der Fürst, daß er eine Ansprach hat. Auch wenn's nur der Maurer ist. Ist ja ganz allein in dem großen Schloß. Seit der Sohn weg ist."

„Der Schrentewein ist noch da", die Leherbauerin schüttete noch einen Schuß Zucker in den Kaffee, sie mochte es süß.

„Ja, der. Mit dem kannst ja nicht reden, ach der."

Sie saßen im *Café Guggemot*. Das gab's jetzt. Es kamen ja auch immer mehr Fremde, schwammen sogar im See herum.

„Daß es die vor gar nichts graust?" sagte die Leherbauerin, „vor die Frösch und Schlangen?"

„Und", flüsterte jetzt die Bartlehnerin, „*er*".

„Wer?"

„Weißt doch."

„Ach. Alt's Zeug."

„Ich tät nicht ... und so fort ... und es gibt genug, die ihn gesehen haben."

„Hast du ihn g'sehen?"

„Nein, aber meiner Mutter Basl Marie, von Traubing hinten, hat einmal, das war im neunundneunziger Jahr ... hat ihn schwimmen sehen." Sie ruderte dramatisch mit den Händen, als ob sie selber den toten Pater Sigisbert im See treiben gesehen hätte. „Es gibt Sachen, da soll man sich nicht versündigen."

Das *Café Guggemot* war beliebt bei Einheimischen und Fremden. *Kuchen und Torten aus eigener Herstellung. Erstklassiges Gefro-*

renes. Eigener Eisschrank. Längst schaffte es die Tante Fanny nicht mehr allein. Sie kommandierte vier Köchinnen und ein Küchenmädchen, war wieselflink und alterslos wie eh und je, aber als sie einer von den Ferienstammgästen wohlwollend als „Küchenchefin" titulierte, sagte sie: „Blödsinn." Allerdings erst, als es der Gast nicht mehr hörte.

„Wenn man denkt, wie der Guggemot Fritz, also der alte Guggemot Fritz, der ganz alte, mein Schwiegervater hat ihn noch gekannt, nach Huturm gekommen ist!" Die Leherbauerin schüttelte den Kopf, um das Unglaubliche anzudeuten. „War Totengräber. Und jetzt!"

Der Guggemot Fritz ging vorbei. Loden, grünes Gilet mit Goldknöpfen, Uhrenkette, grüßte die Damen. Es war ein herrlicher, heißer Sommertag.

*

Der alte Kreuzwirt hatte ein Testament gemacht: Universalerbe sein (einziger) Enkel Guggemot Friedrich. Vorerbinnen: seine Töchter Franziska und Barbara. Die Barbara machte keinen Gebrauch davon, hatte ja ihren Mann mit den Mühlen und Sägen und dem Fahrbetrieb. Franziska, also die Tant' Fanny, lebte nach dem Tod des alten Kreuzwirts („... ein sehr schönes Begräbnis. Hast den Kranz g'sehn, wo seine Barbara geschickt hat?") nicht anders als vorher, auch nicht, als der Guggemot Fritz, also der junge, der derzeitige, wenn man so will – (Fritz III. in modo aristocratico) – zu bauen anfing: das Haus in der geschenkten Bucht, in der mondförmigen, mondförmig gewesenen bis zum Aufschütten, stand ja keine fünfzig Meter vom Kreuzwirt entfernt. Guggemot baute eine *Dependance*, nachdem er das Stück Land dazwischen gekauft hatte. *Ließ bauen.* Der alte Guggemot baute noch selber, eigenhändig: für andere. Der junge ließ dann bauen: für sich.

Er hieß im Markt Huturm nicht mehr
Guggemot Friedrich vulgo Fritz –
er hieß: der Kreuzwirt

oder: „Sie haben sich da aber ein schönes Anwesen hingestellt, Herr Kreuzwirt."

„Naja. Man tut, was man kann."

„Und was ist das für ein kleines Häuschen nebenan, an dem die Gerüste stehen?"

„Mein Elternhaus."

„Ach. Interessant."

„Ich laß' es umbauen. Sollen Suiten werden. Mit *Comfort*." (Französisch, ja, der Herr Kreuzwirt.)

„Erstaunlich, erstaunlich. Gratuliere, Herr Kreuzwirt."

„Habe die Ehre, Herr Sektionschef."

*

Und einen Austrag für den alten Guggemot und die Mutter, die Emerentia geborene Lüfthauser. Kein Austrags-*Stübchen*, nein, nein. Eine richtige Wohnung. Sollte später dann auch in die *Comfort*-Suiten einbezogen werden. Später heißt: ja, man wünscht ihnen ja ein langes Leben, ja, aber irgendwann, nicht wahr –

Und wieder stapfte der alte Guggemot – immer noch – hinüber ins Schloß, durch den Schnee heute, der diesen Winter besonders dick gefallen war, gut anderthalb Meter, sogar die Bahn ist einmal stecken geblieben.

Stapfte hinüber ins Schloß. Der Schnee drückte alles nieder, was laut gewesen wäre. Nichts zu hören, nur das Knirschen der eigenen Schritte. Alles ruhig, um diese Zeit sind keine Touristen da, höchstens ein verrückter Professor, der die Ruhe sucht, um ein Buch zu schreiben.

Worüber? Weiß der Kuckuck. Über den Kuckuck vielleicht. Oder über die Seele, was ja viele schreiben zur Zeit. Ist Mode, die allerdings nicht bis Huturm dringt, *noch* nicht.

Der See wie eine Platte aus Blei. Der Himmel hinten wie ganz helles Kupfer. Eine Krähe auf einem Pfosten.

Guggemot zog die Klingelschnur. Weit, weit drinnen bimmelte es heiser.

(„Durchlaucht erlauben die Frage, ob wir nicht eine elektrische Klingel anschaffen sollten. Es gibt jetzt, habe ich gesehen …“

„Ach was, Schrentewein, wozu? Nur wegen dem Guggemot, der einmal die Woche kommt?“)

Ein Domestik, der noch älter war als der Fürst und der Guggemot, ein Ungar, Imre hieß er; man wußte von ihm nicht, ob er deutsch konnte, weil er nie etwas redete, schob die schwere Tür auf.

Die weiß gekalkten Wände dämmergrau, obwohl es erst drei Uhr nachmittags war. Der Fürst saß in einem grünen Ohrensessel, hatte seinen Stock mit dem feinen Silbergriff zwischen den Knien.

„Ja, da sind S' ja, mein Lieber!“

„Grüß Gott, Durchlaucht.“

„Ohne Umstände, ohne Umstände wie immer. Imre! Ist alles hergerichtet?“

Imre zeigte nur mit einer Verbeugung zum kleinen Tisch, wo schon die Spielkarten lagen.

Der Fürst ächzte aus dem Sessel, Guggemot wollte ihm helfen. „Nein, nein! Noch geht's.“

Und so spielten die beiden Alten, der Fürst und sein Lebensretter, zwei Stunden *Präferenzln*. Und redeten über die alten Zeiten.

Und natürlich: „Imre?“

„– ? –“

„Für mich ein Glas Tee mit Rum, und für den Herrn Guggemot einen Marillenbrand. Nicht wahr, Herr Guggemot?“

„Zu freundlich, Durchlaucht.“

Und nachdem Imre den Tee und den Schnaps gebracht hatte: „Zum Wohl, Herr Guggemot, der riecht bis zu mir her, dieser Marillenbrand. Ist *Auerspergischer* Marillenbrand. Brennen ihn selber, die Auersperg, ein Vetter, müssen Sie wissen, brennen ihn selber in Goldegg drüben. Zum Wohl.“

Und spielten Präferenzln. Und schauten manchmal zum Fenster hinaus auf den See. Und sagten: „Ja – ja –“ Und dann trank auch der Fürst noch einen Auerspergischen Marillenbrand und sagte, als der Guggemot zur üblichen Stunde aufstand: „Und Sie kommen aber schon wieder? Nächste Woche?“

Weit hinein hallte und widerhallte die Tür, die Imre ins Schloß fallen ließ. Guggemot blieb einen Moment stehen, horchte mit schiefem Kopf.

Der Schlag verhallte.

Guggemot stapfte nach Hause.

*

Einmal, nur einmal sagte der Fürst, nachdem er gelobt hatte, was da der Sohn seines Gastes und Präferenz-Partners „alles hingestellt hat, Respekt“, sagte leise, eher zu sich selber: „Und das Schloß da, mein ich, gehört eigentlich schon der Bank.“

17.

Beim Kreuzwirt war alles in Ordnung. Beim *neuen* Kreuzwirt, dem Guggemot Fritz, dem dritten Guggemot Fritz recte Friedrich, gezählt von jenem Guggemot an, der auf zerrissenen Schusters-Rappen damals … und so et cetera weiter, *mancher* erinnert sich – *man* aber erinnert sich nicht gern, also der neue Kreuzwirt, der *Hotelier*, wird nicht gern an die Schusters-Rappen seines Großvaters erinnert.

Kur- und Fremdenliste aus dem Gemeindeblatt vom Mittwoch, 2. August 1910:

Graf und Gräfin Sprintzenstein nebst Begleitung, aus Wien	*Kurhotel Kreuzwirth*
Herr Arnold v. Mörl nebst Gattin, Weingutsbesitzer aus Eppan	*– dto. –*
Herr General v. Schuschnigg nebst Gattin, Exz. aus Innsbruck	*– dto. –*
Herr Prof. Siegfried Mauser, Musiker aus München	*Hotel Hammel*
Herr Tinzl-Semler, Kaufmann aus New York	*– dto. –*
Herr Kommerzialrat Peschmowitz mit Gattin und Sohn, Kaufmann aus Czernowitz	*Kurhotel Kreuzwirth*

Herr und Frau Hubala, *Kaufmann aus Mährisch-Ostrau*	*Pension Bellaria*
Herr Dietmar Waldthaler, *Fabricant von Bozen*	*– dto. –*
Frau Erica Eyer, *Private aus Klosterneuburg*	*Hotel am See*
Herr und Frau Dr. Nappenbach, *Staatsanwalt aus Pfaffenhofen in Bayern*	*– dto. –*
Frau Wtw. Flora Morlacchi-Dachs, *Etablissement-Besitzerin aus Köln*	*– dto. –*
Herr Theodor Rosendorfer mit Familie, *Chemiker aus Schrobenhausen*	*Kurhotel Kreuzwirth*
Herr Dr. Victor Adler nebst Gattin, *Reichstagsabgeordneter*	*– dto. –*

(handschriftlich hinzugefügt: „mosaisch")

… usw. …

Table d'hôte Kurhotel Kreuzwirth
vom Mittwoch, 2. August 1910 – abends:

Bouillon „Franziska"
~ Vöslauer Cabinet ~

Gefüllte Pasteten
~ Riesling ~

Sorbet

Roast Beef mit gedünstetem Gemüse
~ Bordeaux ~

Rebhuhn mit Pommes Princesse
samt Beilagen nach Wunsch
~ Blauburgunder ~

Käse, Gefrorenes, Gebäck

~ Champagner ~

Caffé, Liqueurs

Für evtl. andere Präferenzen der p. t. Gäste, sei es aus medicinischen od. anderw. Gründen, bittet die Direction gefl. um Mittheilung bis 6 Uhr nachm.

Alles in Ordnung. „Viribus unitis." Der alte Kaiser wacht. Daß es im Hintergrund grollt: Rußland gegen Japan. Marokko-Krise. Bombenattentat auf den Hochzeitswagen König Alfons XIII. von Spanien und Königin … wie heißt sie? Herr Hubala löst Kreuzworträtsel auf der Veranda der *Pension Bellaria*: *Königin von Spanien: drei Buchstaben.* „Wie heißt die Königin von Spanien? Drei Buchstaben, a am Ende? Irmengard, hörst du nicht?" „Wie bitte?" Irmengard Hubala kommt heraus, Herr Kaufmann Ernst Hubala aus Mährisch-Ostrau wiederholt die Frage. Frau Hubala: „Ida." Das Dienstmädchen, das grad die Blumen gießt, erlaubt sich die Zwischenbemerkung: „Gestatten, Gnäfrau, heißt Ena." Sie weiß es, liest die Wochen-Zeitschrift *Der Erzähler*, da steht so was drin.

… und Königin Ena.

Annexion von Bosnien-Herzegowina. (Berührt nicht viele in Huturm.) Anarchistischer Aufstand in Katalonien. (… noch weniger.) Italienisch-türkischer Krieg. Balkankrieg … „Also", sagte Herr Staatsanwalt Dr. Nappenbach, „dieses Kuddelmuddel, sagen Sie selber, Herr Hotelier Guggemot: erst die Bulgaren und Rumänen gegen die Türken, dann die Rumänen gegen die Bulgaren. Meinen Sie nicht auch, daß man den ganzen Balkan unter Kuratel stellen sollte?"

*

Table d'hôte Kurhotel Kreuzwirth
vom Sonntag, 28. Juni 1914 – abends:

Frittaten-Soupe nach Art des Hauses
~ Rheinwein ~

Hecht-Knöderl …

Der Piccolo stürzt herein: „Herr Chef …"

„Was schreist d' denn so ungehö…"

„Draußen das Extrablatt: Der Thronfolger ermordet in Sarajevo."

Nichts mehr in Ordnung. Vier, fast fünf Jahre keine Hecht-Knöderl mehr.

*

Dann: 1925 sogar Schilling statt Kronen. Ein Kriegerdenkmal: 153 Gefallene aus Huturm und den umliegenden Weilern. Mancher ist zwar zurückgekommen aus Galizien, vom Isonzo, aus Sibirien, ist aber nicht mehr derselbe wie vorher. Anders, oft ganz anders. „Sie schauen aus wie alt und sind erst zwanzig", sagte die Blobschwandtnerin oben am Bahnhof, als sie kamen in ihren Uniformen, die nicht mehr „des Kaisers Rock" waren.

„Hat selber keinen Rock mehr", sagte der eine oder der andere.

„Na! Na! Der hat sein Gerstl schon in Sicherheit gebracht", sagte der andere oder der eine.

Im Viehwaggon kamen sie zurück, aber der Franzl von der Blobschwandtnerin kam überhaupt nicht mehr zurück, und mancher andere Franzl und Hansl und Seppl auch nicht mehr. Dem Gseller sein einziger Bub, der Gustl, kam schon zurück – aber!

Friseur-Salon Gseller – man erinnert sich, eine neue Errungenschaft damals in Huturm. Jetzt gab es schon zwei Friseure. Und ein Postamt, und einen Notar und einen Advokaten und einen Omnibus, der zweimal am Tag in die Bezirksstadt fuhr.

Und einen Sozialisten, den Georg Samerberger.

Und einen, der hieß Silberstein.

„An sich ein umgänglicher Mensch", sagte der Herr Notar zum Bürgermeister beim Dämmerschoppen im *Silbernen Hammel*, der jetzt auch ein Hotel war.

„Nichts zu sagen", sagte der Herr Advokat.

„Ruhig und freundlich", sagte der Herr Apotheker.

„Aber –", sagte der Herr Notar.

„Eben“, sagte der Herr Bürgermeister, „Sie spielen aus, Herr Doktor. Schellen sind angesagt.“

*

Das Leben geht weiter. Das Leben ist weitergegangen, trotz Krieg, trotz Inflation, trotz des Heeres von Toten – obwohl es keinen Kaiser mehr gibt.

„Hat man sich nicht vorstellen können, Herr Kreuzwirt, oder? Hätten Sie sich das vorstellen können, daß es einen Kaiser – ich sage und schreibe: einen Kaiser davonweht wie ein Sonntagshütl?“

„Wenn man lang genug nachdenkt, Herr von Gulden, dann kann man sich alles vorstellen.“

„Nein, nein, das konnte man sich nicht vorstellen.“ Herr von Gulden, ehemals Sektionschef im Innenministerium, hat sich vorzeitig *quieszieren* lassen, weil er nicht unter einer – er brachte das Wort nicht heraus: Republik dienen wollte. Er saß jetzt, seine etwas füllige Gemahlin machte sich eben zu einem Spaziergang mit der etwas lang und dünn geratenen Tochter auf, saß jetzt am abgeräumten Frühstückstisch auf der Veranda und erwartete das zweite oder sogenannte Gabelfrühstück.

„Wie immer, Herr Sektionschef, ein Paar Frankfurter und ein kleines Bier?“ hatte der Kellner gefragt. Der Kreuzwirt, der Guggemot Fritz, ging gewichtig herum, blieb bei gewichtigeren Gästen stehen, um zu fragen, ob alles in Ordnung sei.

Es war wieder in Ordnung, halt so lala.

Beim Kreuzwirt, beim Guggemot, war alles in Ordnung.

„Halt so lala“, sagte der Herr Kommerzialrat Peschmowitz, der jetzt rumänischer Staatsangehöriger war, „aber so wie früher ist es nimmer.“

18.

Lowis Baron Liewenhaubt aus Stockholm. Sogar von so weit her kommen die Gäste. Er hat sich telephonisch angemeldet. *Kurhotel Goldenes Kreuz*, Tel. No. 22. (Das Schloß hat Tel. No. 21.) Der Hilfshausknecht holt ihn vom Bahnhof ab. Seit neuestem bleibt der Schnellzug in Huturm stehen. Außerdem der Dampfer: *Austria* heißt er jetzt, früher hat er *Erzherzog Maximilian* geheißen, die Schrift sieht man noch unter *Austria*, sofern man genau hinschaut.

Der Hilfshausknecht ist der Sohn vom Friseur Gseller. Er hat zwar die *Kleine Silberne*, noch von Kaiser Karl verliehen, aus dem Krieg mitgebracht, aber auch einen Dachschaden.

„Nicht zu gebrauchen", klagte der Friseur-Meister Gseller, der Vater, hinter vorgehaltener Hand am Stammtisch. „Neulich hat er einen Gast vom Kreuzwirt, eine Dame aus Hannover, Frau Etaträthin Brüschen, zugerichtet! Zugerichtet!! Ihr Gatte, der Herr Etatrath Brüschen, hat sie im ersten Moment gar nicht wiedererkannt.

Ja – Sie lachen, meine Herren. Mir war es nicht zum Lachen. Mit Mühe konnte ich der Frau Etaträthin einreden, daß das die neuste Mode in Paris ist. Aber der Gustl kommt mir nicht mehr ins Geschäft. Es ist ein Jammer mit dem Buben."

„Ja – der Krieg."

„Der Krieg, der Krieg."

Der Gseller Gustl war vierundzwanzig Stunden lang verschüttet mit drei anderen. Er konnte quasi grad nur seine Nase aus dem Schutt und Dreck herausstrecken. Die drei Kameraden – salva venia und gestatten, aber es ist nicht anders zu sagen – verreckten im Lauf der vierundzwanzig Stunden nach und nach neben ihm. Ihn gruben dann die Russen aus, hielten auch ihn für tot und warfen ihn in einen Granattrichter zu ein paar Dutzend anderen „auf dem Felde der Ehre Gebliebenen".

Dann krabbelte der Gseller Gustl, Ober-Gefreiter, über die Leichen heraus aus dem Trichter und torkelte in irgendeine Richtung. Wie er ins Lazarett nach Lemberg kam, hätte er nicht sagen können.

Selbst für die verantwortungsvolle Stellung des Haupt- oder Ordentlichen Hausknechts war der Gseller Gustl nicht zu brauchen. Immerhin als Hilfshausknecht. Stundenlang döste er vor sich hin, wenn nichts zu tun war. War etwas zu tun, schrie der Hausknecht, der Pankraz, einen Befehl, schreckte den Gustl auf; der gehorchte sofort, anstellig, willig, brav, riß die Mütze vom Kopf, wenn der Gast ein Trinkgeld gab.

Ab und zu wachte er auf. Dann merkte man ihm nichts an, außer daß er etwas langsam redete. Dem Baron Liewenhaubt konnte eigentlich nichts auffallen. Piekfein war der Gustl angezogen, wenn er keinen Dienst hatte. Da sah er drauf – nein, auch *im* Dienst: mit der grünen Hausdienerschürze und der Mütze oder Kappe mit der goldenen Schrift: *Kurhotel Goldenes Kreuz* – tipptopp. Da sah er drauf, da war noch das Friseurische in ihm. Selbstverständlich wurde er im väterlichen Salon gratis bedient, meist vom Vater selber: „Daß er wenigstens ordentlich herschaut."

Mit dem Hotel war er mit der Zeit so verwachsen, daß er sich dort herumtrieb, versuchte, sich nützlich zu machen, auch wenn er keinen Dienst hatte. Guggemot, der Chef, hatte nichts dagegen. Oft saß der Gustl und las Zeitung im Rauch-Salon. Daß er nur die Bilder anschaute, wußte niemand. Mancher Gast hielt ihn für einen anderen Gast.

So der Baron Liewenhaubt; merkte nicht, daß der hier der gleiche junge Mann war, der ihm die Koffer vom Bahnhof heruntergetragen hat.

„Sie sind – auch – hier?", der Baron spricht gut Deutsch, ändert nichts daran, daß das eine blöde Frage ist. Natürlich ist der junge Mann *auch da*. Weil er ja da ist.

„Ja."

„Schon – länger?"

(Zwischen zwei Wörtern fast immer ein leises Kopfwackeln.)

„Das neunte Jahr." (Stimmt, wenn man vom Jahr an rechnet, in dem Gustl aus dem Krieg zurückgekommen ist.)

„Ah! – Aha." (Ein Stammgast, denkt der Baron; dies auf schwedisch. *Denken* tut der Baron – logisch – schwedisch: „en regelbunden", schon als Kind mit seinen Eltern hier.)

„Und – gefällt es – Ihnen – ja?"

„Ja."

So kam man, wenngleich zäh, ins Gespräch.

Nach einigen Sätzen übers Wetter usf. stand der Baron abrupt auf: „Aber gestatten – daß ich – mich – vorstelle – Baron Liewenhaubt, Lowis Baron Liewenhaubt."

Auch Gustl sprang auf. Militärisch, salutierte sogar ein klein wenig. „Gustl heiß' ich Krassnick." Das war der Name seines Kompanie-Chefs gewesen. Oft behauptete Gustl, daß er „Krassnick" heiße.

„Und – Herr Krassnick – was treiben Sie hier – so?"

Gustl rückte an den Baron heran und flüsterte: „Es gibt hier Bären, die reden."

*

Sie brachen nach dem Abendessen auf. „Aber niemandem etwas sagen!" hatte Gustl dem Schweden eingeschärft. Der Baron erzählte der Baronin etwas von einer kleinen Bergtour mit seinem neuen jungen Freund hier.

Die Baronin rümpfte die Nase. Ragnhild hieß sie – oder so ähnlich. Sie hatte ein langes Gesicht und blonde Haare – wie sonst –, die über die Stirn fielen und schnittlauchglatt bis zu den Schultern, wo sie komischerweise einen Schwall von Locken bildeten. So gut wie busenlos. Der Mund unmittelbar unter der Nase, langes Kinn. Eine Schönheit war sie nicht. War stark kurzsichtig, aber die Flasche mit Absinth fand sie immer.

„Kleine Wanderung?“ sagte Gustl, „es wird länger dauern. Wollen Sie nicht der Frau Baronin sagen, daß …“

„Ach was. Dann ist sie längst – gaga.“

Sie zogen los.

„Das sagen die Leut’ nur so“, sagte Gustl auf die Frage des Barons: „daß die Tiere in der Heiligen Nacht reden. Ist gar nicht wahr. Gar nicht. Die Tiere reden *heute*. Um Mitternacht.“

„Woher – wissen – das?“

„Weil ich's weiß. Niemand hat die Tiere reden gehört. Nur ich. Einen Bären.“

„Einen Bären – und nicht – gefährlich?“

„Auch einen Adler.“

„Was?! Adler?“

Der Baron schüttelte staunend den Kopf. Es ging aufwärts.

„Ist es – weit?“ fragte der Baron.

„Nicht weit.“

Es wurde dunkel. Der Wald duftete: Fichten und Preiselbeeren.

„Ist es – noch – weit?“

„Nicht weit.“

Der Wald wurde lichter. Der Mond schien. Krüppelkiefern und Almrosen. Der Baron fiel über einen Stein.

„Ist – es – noch – weit?“

„Nicht mehr weit. Wir sind gleich da.“

Es war wie im Märchen. Ein kleiner, so gut wie kreisrunder Bergsee glänzte in Silber, Smaragd und Schwarz. Eine Weltall-Stille. Der Mond war untergegangen: *E lucevan le stelle.*

Aber kein Bär.

„Es ist – Mitternacht“, der Baron zog seine goldene Sprungdeckeluhr.

„Dann kommt er gleich.“

Aber er kam nicht.

Der Baron schlief ein: die Höhenluft, der ungewohnte Fußmarsch. Das Moos war weich wie ein Daunenbett. Als die Sonne den ersten Strahl durch die Kälter-Scharte auf den See warf, sodaß der förmlich vor Glanz aufbrüllte, schreckte der Baron auf: „Där jag är?"

(Das ist natürlich schwedisch, und man kann sich ausrechnen, was das auf deutsch heißt.)

Dann fiel es ihm ein und er schaute den Gustl fragend an. „Guten Morgen", sagte der.

„Und?" fragte der Baron.

„Der Bär war da, aber Sie haben geschlafen."

„Hat – er – geredet?"

„Ja."

„Was hat – er – gesagt?"

„Ich soll Sie nicht wecken."

*

Sie hörten die Baronin schon aus einer Entfernung von einigen Dutzend Metern in Koloratur-Sopran-Lage – Guggemot selber, unterstützt vom Oberkellner, versuchte sie aus dem Frühstücksraum zu drängen, wo die anderen Gäste die Tassen ohne zu trinken mit hochgezogenen Brauen in der Hand verhielten. Der Schwall von Wörtern, mit denen die Baronin den Baron übergoß, war selbstredend schwedisch.

„Wenn du noch einmal –! noch *ein*mal!!" zischte der Wirt den Gustl an, und zur Baronin sagte er: „Gnädigste, es gibt … ich kann Sie beruhigen … es gibt in Huturm *so was* nicht. Nicht in Huturm. Das nächste, also gerüchteweise – in Linz."

Das stimmte übrigens nicht ganz. Zwar eine *Einrichtung*, ein *Etablissement* gab es nicht, aber seit zwei Jahren eine *Freischaffende Dame*. Sie hieß Anna Podkladek. Sie kam unauffällig und bemühte sich, unauffällig zu bleiben.

*

Es gab auch einen Herrn, einen älteren Herrn, der mit der Podkladek kam, womöglich noch älter als sie. Er wurde allgemein „Herr Podkladek" genannt, weil man ihn für den Ehemann hielt.

„Heißt gar nicht so“, sagte der Gemeindesekretär am Stammtisch. „Eigentlich darf ich's nicht sagen, wie er heißt.“

„Sag schon.“

„Lüfthauser. Und er verzieht den Mund auf der einen Seite nach unten und auf der anderen Seite nach oben.“

„Lüfthauser? So hat doch der alte Kreuzwirt geheißen?

„Ja“, sagte der Gemeindesekretär, „und die Anna auch, die wo … et cetera.“

„Und wer, sag, hat immer so komisch den Mund verzogen?“

19.

Geschieden?" fragte der Apotheker.

„Geschieden", sagte der Herr Advokat.

„Der Sohn vom Fürsten geschieden? Ja geht denn das?"

„Geht an und für sich nicht. Es gibt keine Ehescheidung bei uns. Konkordat! Sie verstehen. Die Ehe ist kirchlich. Sie verstehen."

„Aber … wie dann …?"

„Es gibt immer Schlupflöcher."

„Und wie? Für einen Fürstensohn?"

„Für jeden. So allgemein kann ich es ja berichten. Im besonderen bindet mich meine berufliche Schweigepflicht. Alsdann: Das Konkordat gilt nur für Katholiken."

„Ahaaa", sagte der Apotheker, „da brauchen sie nur, die geschieden werden wollen, protestantisch werden, und dann?"

„Genau."

„Da ist also der Sohn vom Fürsten protestantisch geworden und dann – "

„Das haben jetzt Sie gesagt", sagte der Advokat, „nicht ich."

Aber es sickerte dann doch durch, ein noch größerer Skandal als die fürstliche Scheidung.

Der Advokat, Dr. Niederle hieß er, erst seit wenigen Jahren hatte er hier in Huturm seine Kanzlei aufgemacht. Der Bedarf war da. Früher hatte Dr. Niederle als Sozius einer großen Kanzlei in der Bezirksstadt einmal im Monat einen *Sprechtag* in Huturm abgehalten: im Hinterzimmer im *Mohren*. Da kamen dann die Leute mit ihren juristischen Angelegenheiten. Zum Beispiel, daß der Haberlehner den Grenzstein ausgegraben und zwei Meter weiter wieder eingesetzt hat. „Gelogen! gelogen!" sagte der Haberlehner. Oder daß die brokatene Sonntagsweste vom Bäckermeister von dem nichtsnutzigen Schneider um eine halbe Handbreit zu eng gemacht wurde. „Was kann ich dafür, wenn der Kerl schneller dick wird als daß ich nähen kann." Aber auch ernsthaftere Dinge. Erbstreitigkeiten, wie man sich denken kann, weil es sie überall gibt. Baumängel. Oder sogar schon einen Autounfall.

Es war notwendig, schon einmal pro Woche einen *Sprechtag* abzuhalten. Einen zweiten *Sprechtag* im Kreuzwirt hielt ein anderer Advokat aus der Landeshauptstadt ab, weil der Dr. Niederle – „im Fall der Fälle" – ja nicht beide Kontrahenten beraten konnte. Nicht quasi gegen sich selber prozessieren konnte.

Und dann, als die ganze neue Siedlung entlang der Straße am östlichen Seeufer gebaut wurde – von der mondsichelförmigen Bucht an, die der Fürst dem Guggemot geschenkt hatte –: viele Häuser, kleinere und größere. Ein paar davon gehörten dem Guggemot, dem Kreuzwirt, dem Herrn Hotelier – „Habe die Ehre, Herr Hotelier!" „Habe die Ehre, Herr Gutmund!" („Wenn man denkt, wie dem sein Urgroßvater noch …") – und dann also, als diese Siedlung gebaut wurde, und nicht nur die, sondern auch die Häuser am Hang zur Bahn hinauf, und sich die Bevölkerung mehr als verdoppelt hatte und damit auch die Streitigkeiten, verlegte der Dr. Niederle seine Kanzlei hierher.

Und bald auch der andere Advokat. Und es war schon die Rede davon, daß eine Außenstelle des Bezirksgerichts nach Huturm verlegt werden sollte. Eine Außenstelle vom Finanzamt gab es schon. „Logisch. Damit sind sie schnell."

„Raubritter!"

„Das kannst d' laut sagen."

„Obwohl der Steuer-Oberinspektor persönlich …"

„Naja, naja. Ich hab' den Verdacht, der bescheißt sogar privat – beim Vierer-Schnapsen."

Zurück zum Gespräch über die Ehescheidung. Der Apotheker und der Dr. Niederle saßen in der beginnenden Dämmerung im Extrazimmer des *Café Guggemot* (sehr elegant eingerichtet, „*Art-Deco* heißt man das jetzt") in Erwartung der anderen Herren des Stammtisches.

„Aber daß solche … solche Dinge … ich hätt' fast was anderes gesagt, in so feinen Kreisen vorkommen. Beim Fürsten!"

„Je – nun …"

„Man möchte doch meinen …"

„Lieber Herr Apotheker, ob Fürst oder Bürger. Das Menschliche, das Allzu-Menschliche schimmert immer durch. Und gestritten wird überall."

„Ja, Herr Doktor, das wissen Sie am besten."

„So ist es …"

„Aber in so hohen, feinen Kreisen …"

„Die hohen feinen Kreise haben früher, wenn sie unterschiedlicher Meinung waren, mit Kanonen aufeinander geschossen. Und ich sage Ihnen, lieber Freund, sie würden es heute noch tun, wenn sie welche hätten."

*

Den alten Fürsten überlebten nur die beiden jüngeren Söhne: Joachim und Wilhelm. Wilhelm, der General, der jüngste und bravste und, soweit man das von hochadeligem Blut sagen kann: der bürgerlich-bravste, lebte, wie schon erzählt, als Pensionist in Salzburg, unverheiratet, züchtete Kanarienvögel (oder waren es Kakteen?), ging regelmäßig am Dienstag, Donnerstag und Samstag – es sei denn, der Donnerstag war ein Feiertag, dann: Freitag – ins *Café Bazar*, um mit dem ebenfalls schon lang pensionierten Hofrat Gehbauer Schach zu spielen. Eine seltsame, „eher unhandliche" (so Graf Wilhelm) Variante des sog. Halboffenen Spiels nannten die beiden die „Gehbauer-Eröffnung". Sie führte meist dazu, daß der Hofrat verlor.

„Sehen Sie, sehen Sie!" sagte der Graf: „Unhandlich."

„Das kommt nur davon, lieber Graf", versuchte sich der Hofrat ernstlich zu beruhigen, „weil die zwei Eier im Glas schon wieder zu hart waren. Das hat mich abgelenkt. Ober – Ober! hört schon wieder nicht. Ober! Noch eine Melange."

Einmal im Monat schrieb Graf Wilhelm seinem Vater. „Legen Sie den Brief in die Schublad', Schrentewein", sagte der Fürst, „zu die andern."

„Was schreibt Ihr Herr Sohn, wenn Durchlaucht die Frage gestatten?"

„Immer das gleiche."

Und einmal im Jahr besuchte er den Alten. Und da redeten sie: immer das gleiche. Und die Hunde lagen vor dem Kamin, und wenn es geregnet hatte, stanken sie.

Mit Graf Joachim – *Erbgraf* – hatte der Alte wenig Freude. Nach dem Krieg war Joachim nach Ungarn gegangen. Dort war noch „Königreich", wenn auch ohne König. Der Adel war nicht, wie in Österreich, abgeschafft. Joachim beteiligte sich an riskanten Unternehmungen.

„Das Hauptsächliche daran", ächzte der alte Fürst, „ist das Wort: *unter*."

Man mußte zahlen. Was die ganze „Pferderei" (so der Verwalter Schrentewein hinter dem Rücken des Fürsten) „gekostet hat, ist nichts gegen das jetzt".

Die – bürgerliche – Ehescheidung Joachims mußte der alte Fürst nicht mehr erleben. Wenigstens. „Bürgerlich": Eine kirchliche Ehescheidung, also eine Nichtigkeitserklärung der Ehe nach römisch-katholisch-kanonischem Recht, wurde zwar versucht. Ein römischer Kirchenadvokat namens *de Knobel* hatte sich daran gesundgestoßen, die Scheidung wurde abgelehnt. Blieb also nur die bürgerliche Scheidung, wie erwähnt, nach Konversion zum Protestantismus.

Fürst (nunmehr, zumindest in Ungarn also Fürst, nach dem Tod des Alten) Joachim Feldenwerth-Tragans blieb in Ungarn und brachte im Lauf der Jahre, der vierzehn Jahre, um die er seinen Vater überlebte, das Gut und die Latifundie Hullodékszag herunter, letztes Erbteil seiner Mutter. Es gibt in Budapest ein Café, es heißt *New York* und sieht innen aus wie eine nur unwesentlich verkleinerte Replik der Peterskirche in Rom. Im *New York* saß Fürst Joachim in den letzten Jahren seines Lebens so gut wie ständig, ließ anschreiben und spielte mit anderen Gästen *Mühle* und *Dame* gegen Geld. Er erblindete fast, verwechselte die Türen und erlitt einen finalen Schlaganfall auf der Damentoilette. Ein Skandal. Die Direktion des *New York* versuchte, die Schulden beim – nunmehr (wenngleich eigentlich abgeschafft) – Fürsten Franz Gaudenz Kaspar einzutreiben. Der aber schlug das Erbe aus.

Das *New York* blieb auf der Forderung sitzen.

„Wieviel ist es?“ fragte der Direktor, Fekete hießt er, wie alle Ungarn.

„2.016 Pengö, 13 Fillér.“

„Vigye az ördög, az egész le van szarva.“ – (Heißt soviel wie: „Scheiß der Hund aufs Feuerzeug.“) – „Das Dreifache hat gebracht, was die Ausländer konsumiert haben, daß sie mit einem echten Fürsten spielen durften. Hängen wir's auf.“

So wurde das Bild des Fürsten oben auf der Täfelung der Galerie neben den anderen verewigten verdienten Stammgästen angebracht.

Auch eine Form der Unsterblichkeit.

*

Schon vor der Scheidung war die Erbgräfin, die geborene Freifrau von Guelfenburg, Annina mit Vornamen, nach Huturm und ins Schloß zurückgekehrt. Der Sohn auch, das einzige Kind, soweit er nicht, was freilich die meiste Zeit des Jahres der Fall, im Internat war: Franz Gaudenz Kaspar. Keine Leuchte in einem Lehrfach, außer im Turnen. Da hatte er Einser.

Mit dem alten Fürsten verkehrte die geb. Guelfenburg so gut wie überhaupt nicht. Es war ja das Schloß groß genug, um sich aus dem Weg gehen zu können. Als der Alte starb – großes Begräbnis, der neue Fürst bequemte sich aus Ungarn hierher, die nunmehr Fürstin bequemte sich einen schwarzen Schleier über den Kopf zu ziehen, der neue Erbgraf motzte, weil er ein Tennisturnier versäumte – riß die geb. Guelfenburg mit dem unerhörten Namen

Annina (ihre Mutter war eine Italienerin gewesen, eine geborene Contessa Noparia-Anarantese di Santo Spozzo, aber wer ist in Italien nicht alles „Contessa") alle Fenster im Schloß auf, aber schon wirklich alle, um den neuen Wind zu demonstrieren. Und sie entließ den Schrentewein.

Es kam ein neuer Verwalter. Ein Herr Lawge aus Mecklenburg. „Meeklenburch", betonte er, „sagt man korrekt jesprochen."

So was, so was!

20.

Sie nannten ihn „den Tiroler". In Wirklichkeit hieß er Dogolori, Meinrad. Er war noch vor dem Krieg mit Frau und Kindern nach Huturm gekommen, war Kassier bei der Raiffeisen-Kassa gewesen, jetzt in Rente. Seine Frau war gestorben, seine Kinder längst erwachsen und wieder weggezogen. Nur Dogolori Meinrad blieb in Huturm und beschäftigte sich ausschließlich mit der Hebung der öffentlichen und privaten Sittlichkeit.

Er schrieb Leserbriefe. Er schrieb sie an den *Gemeinde-Anzeiger*, schrieb sie an die Tageszeitung der Landeshauptstadt, schrieb sie an die großen Zeitungen nach Wien. Die meisten Dogolori-Leserbriefe warfen die Redakteure in den Papierkorb, aber Dogolori – Zeit hatte er ja genug als Rentner – schrieb dermaßen viele, daß zwangsläufig ab und zu welche im Netz hängen blieben, bildlich gesprochen, und gedruckt wurden.

Die Tageszeitung der Landeshauptstadt hatte die Angewohnheit, den *Witz des Tages* zu veröffentlichen. War bei den Lesern sehr beliebt. Der Dr. Niederle sagte einmal: „Ich habe heute über den Witz des Tages besonders stark gelacht. Aber dann habe ich meinen Irrtum gemerkt: Es war nicht der *Witz des Tages*, sondern ein Leserbrief vom Meinrad Dogolori."

Dogolori begnügte sich nicht mit Leserbriefen. Er organisierte Wallfahrten und Gebetsstunden. Eine Wallfahrt nach Maria Irgendwo gegen den Marxismus. Es gelang ihm auch, etwa zwanzig Betschwestern weiblichen und männlichen Geschlechts zu rekrutieren, die täglich eine Stunde vor der Kirche knieten und Gebete leierten, als bekannt wurde, daß der Papst krank war.

„Keine Sorge", sagte der Dr. Niederle, „auch wenn der Papst stirbt. Es kommt ein neuer."

Als die ersten Touristinnen (die einheimischen Frauen befleißigten sich noch ländlich-sittlicher Tracht) in den modisch kurzen Röcken und gar in Hosen auftauchten, organisierte Dogolori weitere Gebetsstunden. Der Papst war zwar seinerzeit gesund geworden, die Röcke wurden aber nicht länger. Nicht einmal, als Dogolori deswegen nach Lourdes pilgerte.

Die sittenlosen Plakate. Die Firma Goldfrosch warb für eine Schuhpasta mit einer Frau, die den Rock bis weit über die Knie hob. Die Firma Oriental warb für eine Zigaretten-Marke mit einer nur mit einem dünnen Schleier verhüllten Odaliske. Eines Morgens waren die anstößigen Stellen mit schwarzer Farbe überschmiert.

„Der Dogolori", sagte der Gustl Gseller.

Die Firmen brachten neue Plakate an. Gustl legte sich auf die Lauer. Am nächsten Tag hinkte Dogolori und hatte ein veilchenblaues Auge. Seitdem beschränkte er sich auf Gebetsstunden gegen die Plakate.

– und dann die Podkladek.

Dogolori schwoll zum sengenden Todesengel auf. Seine Leserbriefe liefen zornrot an, als die Redakteure sie öffneten. Er ging zu Guggemot. Der wußte schon, warum Dogolori kam, ließ sich verleugnen. Aber Dogolori lauerte hartnäckig, und den ganzen Tag kann sich ein Hotelier nicht verstecken.

„Wissen Sie, was …"

„Ja. Weiß ich, und jetzt lassen Sie mich. Ich habe zu tun."

Dogolori hielt Guggemot am Rockaufschlag fest: „Sie vermieten eine Wohnung an diese Person."

„Ja, und?"

„Wissen Sie, was in dieser Wohnung vorgeht?"

„Interessiert mich nicht, solang die Miete bezahlt wird."

„Es ist –", schrie Dogolori, „– ein Sündennest!"

„Schreien Sie nicht so in meinem Haus herum."

„Dieses Sodom und Gomorrha kann man gar nicht laut genug hinausschreien, denn die Sünde –"

„Wenn Sie nicht sofort verschwinden –“ Guggemot wand sich los, schrie nach hinten: „Gustl!“

Gustl hatte schon gelauert, kam schnell und rieb sich die Hände.

Dogolori erinnerte sich – zischte hinaus wie die Luft aus dem Ballon.

Selbst beim Pfarrer hatte er kein Glück. Der gute Pfarrer Joseph Schmied. Er war Domprediger in Salzburg gewesen, auf den unteren Stufen zum Monsignore, und man meinte, daß ihn die Leiter weiter aufwärts führen werde. Dann muß irgend etwas passiert sein. Man erzählte sich manches. Die kleine amouröse Entgleisung dürfte nicht das Entscheidende gewesen sein. Auf *der* Flöte pfiffen auch andere, auch … und auch der … und sogar! … et cetera. Nein. Der Domprediger schien angefangen zu haben, über einige Dogmen nachzudenken. Mit Betonung auf *denken*.

„In Huturm hinten“, hat es dann wohl geheißen, „kann er keinen Schaden anrichten. Die Bauernschädel werden seine arianisch angehauchten Predigten eh nicht verstehen.“

Joseph Schmied, Pfarrer in Huturm, predigte: geschliffene Rhetorik. Glänzend. Und die Bauernschädel verstanden es in der Tat nicht. Blieben ungefährdet von der Vernunft.

„Ich seh’ Sie nie in der Kirche“, sagte der Pfarrer zu Dr. Niederle im Art-Deco-Extrazimmer des *Café Guggemot.*

„Jeder hat *seinen* Weg zu Gott“, sagte der Advokat.

„Wem sagen Sie das“, sagte der Pfarrer, nippte an seinem Cognac und machte nie mehr so eine Bemerkung.

*

Den Dogolori ließ der Pfarrer ins Leere laufen. Er empfing ihn, als freue er sich auf nichts mehr als auf dessen Besuch.

„Ja, der liebe, liebe Herr Meinrad Dogolori, daß ich so eine Ehre schon am Vormittag habe …“

„Hochw…“

„Der Tag ist nicht verloren, lieber Herr Dogolori, wenn ich Sie sehe.“

„Hochw…“

„Wieder einmal die Sittlichkeit befestigt? Was? Haha. Ja, die Sittlichkeit –“

„Hochwü…“

„Kann gar nicht hoch genug angesetzt werden. Die Sittlichkeit. Ich denke immer an Wellensittiche, wenn ich Sie sehe. Ist doch komisch.“

„Hochwü…“

„Ja, ja, ich weiß, weswegen Sie kommen.“

Dogolori ließ sich nicht mehr bremsen: „Ein Pfuhl – ein Höllenpfuhl. Sie als Pfarrer – unglaublich – es ist … ist – und die Jugend! Die Jugend! …“, und so et cetera …

Der Pfarrer schloß die Ohren. Nachdem Dogolori fünf geschlagene Minuten geredet hatte (fünf Minuten sind lang, wenn einer auf einen einredet), unterbrach ihn der Pfarrer ganz ruhig:

„Kennen Sie die Nische links vom Altar?“

Die Frage verblüffte Dogolori dermaßen, daß er mit offenem Mund verstummte.

„Die Nische – links – die leere Nische?“

„Ja. Wieso?“

„In dieser Nische ist eine Muttergottes gestanden. Es heißt, sie sei *Michael Pacher – Umkreis* gewesen.“

„Was heißt das?“

„Das heißt: nicht direkt von Michael Pacher, aber vielleicht von einem Schüler von ihm oder aus seiner Werkstatt. Das hat man im 15. Jahrhundert nicht so eng gesehen.“

„Wer ist Michael Pacher?“

„Ah – das wissen Sie nicht? Macht nichts. Ich sagte: – gewesen. Die Muttergottes *gewesen*. Ist sie aber immer noch. Leider inzwischen im Museum *The Cloisters* in New York. Wie sie dorthin gekommen ist? Sicher nicht von Engeln getragen wie das Loreto-Haus. Nach der Aufhebung des Klosters verschwunden. Später im Kunsthandel aufgetaucht. Naja.“

„So. Ja. Aha.“

„Und seitdem ist die Nische leer."

„So. Ja. Aha."

„Und Frau Anna Podkladek hat mir gestern – *sie* saß auf dem gleichen Stuhl wie Sie hier –", Dogolori hob es fast in die Höhe vor Entsetzen, „– hat mir gestern gesagt, daß sie eine neue Muttergottes stiften wird. Für die Nische."

„Die Podkladek. Die Die Hu…"

„Denken Sie darüber nach, mit wem unser HErr lieber gesprochen hat als mit den Hochmögenden und Sittenstrengen. Und ich hoffe doch, daß Sie zur Weihe der neuen Muttergottes-Statue kommen."

*

Die von der Sünderin Podkladek gestiftete Marien-Statue war nicht von Michael Pacher, nicht einmal vom *Umkreis*. Sie war aus Gips, aber herrlich bemalt.

„Na ja", sagte der Pfarrer, als er sie das erste Mal sah. Der Dogolori kam nicht zur Weihe.

*

Der See kann tückisch sein. Er liegt da wie ein Silberteller, in dem sich die Wolken spiegeln. Dann kommt, kaum daß eine Viertelstunde vergeht, ein grauer Drache mit schwarzem Bauch und weißem Kamm über die Kalkberge herüber, fällt in den See, beißt in die Wälder, daß sie knirschen, taucht seine grünen Krallen in den See, wirbelt das Wasser haushoch auf, die welken Blätter fegen waagrecht am Ufer entlang, braune Fontänen spritzen. Die schweren Tropfen knallen auf das Pflaster, knallen in den See. Ein eiserner Vorhang aus prasselnden Schnüren, daß man das andere Ufer nicht mehr sieht.

So einem Drachen ist der Meinrad Dogolori zum Opfer gefallen, samt der Schliechinger Theres, der jungen Kellnerin vom *Hechten* in Höllerau. Der Drache fauchte das Schifflein über den Haufen, in dem die beiden – saßen? ruderten? – nein, lagen. Spülte die beiden ans Ufer, hatten noch Glück. Spülte sie ans Ufer, direkt vor die Terrasse vom *Kurhotel Goldenes Kreuz.*

Nackt. Splitternackt. *Splitternaß* – der Sittenwächter von Huturm. Das war keine vierzehn Tage nach dem geschilderten Gespräch mit dem Pfarrer. Der verzog keine Miene, als ihm die Geschichte erzählt wurde. Es vergingen vier Jahre, bis der Dogolori Meinrad seine Sittenbemühungen wieder aufnahm.

21.

Das Wetter schön,
der See ist blau,
was will man mehr
Thomas Mauerhold und Frau.
26. Juli 1935

(Offenbar reimt sich „Frau“ auf „blau“.)

Oder:

Im Goldenen Kreuz zu Huturm hier
verbrachten wir der Wochen vier.
Das Essen hat uns wohlgeschmeckt.
nur leider, Nero ist …

„Nein, auch wenn es sich reimt, Alfred, schreib: *gestorben.*“

„Wenn du meinst, Ehrengard.“

Nero wurde im Garten vom Hotel begraben.

Oder:

Huturm hier am See
kennt nur Wohl, kein Weh.
Wir kommen wieder nächstes Jahr,
das ist gewiß und sicher wahr.
Major a. D. Knörpel, August
Königswusterhausen
nebst Frau Amalie und Tochter Grete.

Aber auch:

Im Großen-Ganzen zufriedenstellend bis gut.
Der Direction sollte es jedoch angelegen sein,
das Toiletten-Papier jeweils rechtzeitig beizustellen.
Dr. Gernot Nöstl, Univ. Prof.

Mit Recht wandte sich Herr Univ. Prof. Nöstl an die „Direction" und nicht etwa an Herrn Kommerzialrat Guggemot, denn dieser kümmerte sich schon lang nicht mehr um die rechtzeitige Beistellung des Toilettenpapiers.

Den Baugrund für die *Villa Seeblick*, die der Kommerzialrat und Frau Norberta geb. Bartl (*Bartl & Co.* in Wiener Neustadt, Mehl-Grossist, Mitgift 160.000 Kronen anno 02 – viel Geld damals) bezogen, hatte er von der Fürstin gekauft. Die Verhandlungen führte allerdings der neue Verwalter, Herr Lawge, ein blonder Hüne mit einem rötlichen Schnauzbart, bürstenartig.

„Und noch dazu Protestant", sagte die Kellnerin im *Mohren*, „und trinkt Tee mit Rum. Ts ts ts."

Nach dem Tod der Tant' Babett', jener Tochter des alten, also des ganz alten Kreuzwirts, die den reichen Mühlen- und Sägen-Besitzer („– recte: Eigentümer, juridisch gesprochen." So Dr. Niederle) geheiratet hatte, fiel auch dieses ganze Erbe an den Fritz, an den Guggemot Fritz, klar, der einzige Verwandte weit und breit, an den eh schon geldschweren Guggemot Friedrich, den Hotelier („– der Teufel scheißt immer auf den großen Haufen –"), den späteren Kommerzialrat Friedrich Guggemot sen. (Der jun. war der inzwischen Jura in Wien, dann ein Jahr in Bologna, dann wieder in Wien studierende einzige Sohn.)

*

Ein Schwimmbad war in Huturm zu damaliger Zeit unerhört. Also ein privates solches. Ein öffentliches Schwimmbad, eine *behördl. gen. Bade-Anstalt* gab es (hauptsächlich Bretter und Balken und ein

Kiosk für den Getränke-Verkauf und ein paar baufällige Umkleidekabinen – nur die Anlage am Hotelstrand vom *Goldenen Kreuz* war feiner), aber privat? Die Frau Kommerzialrat bildete sich eins ein.

So wurde also draußen bei der Guggemotschen *Villa Seeblick* noch ein Grundstück dazugekauft und ein Schwimmbad angelegt.

Die Bevölkerung von Huturm war elektrisiert, verfolgte mit Aufmerksamkeit den Aushub, das Betonieren, das Verschönern, das Bepflanzen. Selbst Kurgäste ließen sich die interessanten Arbeiten nicht entgehen.

Dann eines Tages das probeweise Einlassen des Wassers.

Große Befriedigung: versickerte nicht.

Es sprach sich herum, daß der Bau abgenommen sei. Am Sonntag sei mit der Inbenutzungnahme zu rechnen.

Etwa fünfundzwanzig Prozent der einheimischen Bevölkerung sowie zwei Dutzend Kurgäste standen seit sieben Uhr früh am Zaun und warteten. „Laßt's das alte Mutterl nach vorn. Wer weiß, ob sie so etwas noch einmal erlebt."

Die Seitentür der *Villa Seeblick* ging auf. Frau Kommerzialrat trat in stark geblümter Badekleidung auf (aus Wien kommen gelassen), eine hellgelbe Badekappe auf dem Kopf, hinter ihr der Kommerzialrat in braun-samtenem Bademantel.

Totenstille.

Die Kommerzialrätin blickte auf die wartende Menge. Die Menge hielt den Atem an. Der Kommerzialrat blickte auf die Menge.

Ein Kind kicherte.

Die Kommerzialrätin drehte sich um, schob den Kommerzialrat wieder ins Haus hinein. Die Tür fiel ins Schloß. In langer Prozession zog die Menge zurück in die Stadt. In den nächsten Wochen wurde eine zweieinhalb Meter hohe Mauer zwischen dem Schwimmbad und dem Weg aufgerichtet.

(„... in die Stadt." Ja, das war Huturm seit einigen Jahren, nachdem die Bevölkerung nochmals angewachsen war. Eine Käserei im großen Stil, einige holzverarbeitende Betriebe, auch eine Fabrik für Elektromotoren hatte sich angesiedelt. An allen war Guggemot beteiligt.)

*

Und es gab lang schon ein Kino. Es war zunächst im Festsaal des Kolping-Hauses untergebracht, später wurde ein Kinosaal errichtet (auch mehrzwecklich geeignet, etwa für Wandertheater, Variété etc.), auch daran war Guggemot beteiligt.

Eine der ersten „Wochenschauen" – immer gab es vor dem eigentlichen Film eine „Wochenschau", meist dann auch noch einen „Vorfilm", auch „Kulturfilm" genannt. Der handelte zum Beispiel von der Seidenraupe. Oder von den Dünen. Oder wie die Elektrizität entsteht. Oder auch mehr so allgemein: *Das Wasser* – Untertitel: *Pan tarei.*

Eine der ersten „Wochenschauen": ein Bericht vom Tennisturnier in Bad Soden. Erster Preis der junge, neue Tennis-Star Franz Feldenwerth-Tragans. Ohne „Fürst", ohne „von", gab es ja offiziell nicht mehr. Dennoch bleckte er seine weißen Sport-Zähne und hielt den Pokal in die Höhe, der ausschaute wie ein Gekräusel versilberter Exkremente.

Und auch Berichte von Olympia in Berlin. Viele Hakenkreuze. Der Hitler. Kolonnen. „Heil!"

„Irgendwie doch schon großartig."

„Muß man ihnen lassen."

„Obwohl –"

„Aber die Autobahn. Immerhin."

„Schon. Doch wenn man –"

„Ehrlich gesagt, *sehr* vermissen tät' ich die Juden bei uns auch nicht."

Schade, daß man den berühmten, stählernen Blick des „Führers" nie sieht. Komisch. Immer hat er sein Schildkappl, seine Schild-Tellermütze so weit ins Gesicht gezogen, daß man den stählernen Blick nicht sieht. Immer die Augen im Schatten. Das Gesicht fängt erst bei der Nase an. Darunter der Bart. „Rotzwärmer", sagte Dr. Niederle.

„Ich wäre vorsichtig", sagte der Apotheker, „mit solchen Äußerungen."

Ob er seinen stählernen Blick verbirgt? Sparsam damit umgeht? Weil er sich möglicherweise verbraucht, wenn zu oft …?

Frau Oberlehrer Schichtlhauser war zufällig in Berchtesgaden bei ihrer Schwippschwägerin, kann auch sein, Cousine, als der „Führer" vom *Berghof* herunterkam –

„Ein Jubel. Selbstverständlich eine Absperrung, aber mir ist es gelungen, ganz nach vorn … Ich habe gerufen: ‚Mein Führer, ich grüße Sie aus Ihrer Heimat Österreich!' Da ist er stehen geblieben. Ich habe die Hand –", sie kann fast nicht weitersprechen, „– habe – habe –"

„Was haben Sie, Frau Oberlehrer?"

„– habe die Hand ausgestreckt. Und er –", sie schluchzt.

„Brauchen Sie ein Taschentuch?"

„Nein danke. Hand ausgestreckt. Und er – er hat mir die Hand gedrückt."

Es stimmt nicht, was der Dr. Niederle dann verbreitete, daß sie nie mehr ihre Hand gewaschen hat. Aber es stimmt, daß sie ein Gedicht geschrieben hat: „Des Führers Hände".

„Des Führers Hände sorgen,
daß wir in sie geborgen …"

Sie ließ es auf eigene Kosten drucken, mit Bild des „Führers". Verteilte es. Nach 1945 sammelte sie es wieder ein. Soweit möglich.

22.

Ob man“, fragte der neue NS-Bürgermeister Knäblein im engeren Ausschuß des Rates der Stadt, „ein Denkmal … ich meine …“

„Für den Führer?“

„Ja. Eben. Für den Führer.“

„Aber er lebt ja noch.“

(Es gab niemanden mehr im Rat der Stadt, der an dieser Stelle „leider“ wenigstens gedacht hätte.)

„Beim Kaiser … die Ehrentafel damals, wo er zur Taufe vom Sohn vom Fürsten dahier war, hat er auch noch gelebt, der Kaiser“, sagte Knäblein.

„Das ist was anderes. Eine Ehrentafel. Das ist quasi nur so wie ein Votivtaferl. Wenn, sagen wir, wo einer beim Holzziehen unter die Stämme gekommen und *gnädig errettet durch Fürbitte* et cetera. Aber gleich ein Denkmal …“

Eines der älteren Ausschußmitglieder, ein quodam Dumpfgerber, auch älterer Parteigenosse, ein sogenannter Illegaler (aber sonst, hieß es, ein ganz umgänglicher Mensch), lachte: „Ja damals, wie der Kaiser … haha, und der Depp, wie hat er g'heißen? Ich weiß nimmer. Der Depp, wo das Transparent direkt am Kopf vom Florian, also am Florianibrunnen angehängt hat, und ist abgebrochen. Samt dem Transparent in' Dreck. Zum Glück, wie der Kaiser schon weg war.“

„Also draußen“, sagte ein anderer, „dort an der Waldkapelle könnte man –“

„Da draußen? Das wäre förmlich eine Maje…, na ja also, wie soll man sagen –“

„Verunglimpfung“, half Knäblein.

„Da könnt'n mir's gleich neben dem Aborthäusl am Bahnhof aufstellen.“

Der Bürgermeister war, während die anderen noch weiter debattierten, ins Nachdenken verfallen. Dann unterbrach er: „Den Florian müssen wir auch endlich erneuern."

„Und wenn!" rief jetzt der Dumpfgerber aus, „wir den Florian überhaupt durch den Führer ersetzen?"

„Mit dem Löschkübel in der Hand."

„Schmarren, natürlich würdig. So." Und er streckte die Hand aus. –

Es wurde auf Kreisleiterebene bereits abgewunken. Der „Führer" wolle so etwas nicht. So blieb der kopflose Florian, „– den wir irgendwann schon wieder herrichten müssen".

*

„Kennen Sie die drei Eigenschaften", pflegte Dr. Niederle hinter vorgehaltener Hand zu sagen, wenn die Rede auf den neuen Stadtrat kam (auch einer der heimlich kursierenden Witze): „aufrichtig, intelligent, nationalsozialistisch. Haben immer nur zwei davon. Sie verstehen?"

„Wie?"

„Naja. Entweder ist einer intelligent und nationalsozialistisch, dann ist er nicht aufrichtig. Oder er ist nationalsozialistisch und aufrichtig, dann ist er nicht intelligent. Und ist einer intelligent und aufrichtig, dann –"

„Ich verstehe. Pst."

23.

Friseur war der Silberstein.

„Mit Vornamen Aaron. Sagt alles."

Aber er hatte keinen *Salon* wie der Gseller. Er ging von Haus zu Haus, wohin er eben bestellt wurde. Er hatte ein kleines, schon ziemlich abgewetztes Köfferchen, in dem er seine Kämme und Scheren und bescheidenen Vorrat an Wässern und Pomaden mit sich zu den Kunden führte. Sein bester Kunde war indirekt der Kommerzialrat Guggemot, weil der – oder besser, genauer gesagt, sein Hoteldirektor – die Möglichkeit für die „p. p. Gäste" anbot, sich im Haus rasieren „und ggfs. coiffieren" zu lassen, wovon nicht selten Gebrauch gemacht wurde.

Auch der Kommerzialrat selber war Kunde. Jeden zweiten Tag pünktlich um neun Uhr läutete Silberstein an der Tür der *Villa Seeblick*, das Dienstmädchen machte auf, Silberstein ging hinauf, wurde mit einem Kaffee mit viel Milch und viel Haut (mochte er) gelabt und begann dann die Rasur. Einmal im Monat Haarschneiden.

„Aber was für Haare Herr Kommerzialrat haben das Glück zu haben. Immer noch kohlschwarz. Und voll."

„Naja, naja, da ist schon etwas Silber dabei, Silberstein."

„Nicht viel, Herr Kommerzialrat, nicht der Rede wert. Ich wollt', *ich* hätt' …" Er strich sich bedauernd über die Halbglatze.

Das große weiße Tuch umgebunden, der Spiegel zurechtgerückt, eingeseift.

„Und was gibt es neues, Silberstein?"

„Schlecht, schlecht. Die Zeiten sind schlecht."

„Ich weiß nicht, das Gered' mit der guten, alten Zeit. Wir haben sie ja noch erlebt, diese angeblich! gute, alte Zeit."

„Dieser Hitler gefällt mir nicht."

„Na, wem gefällt der schon."

„Leider zu vielen. Vor allem aber, Herr Kommerzialrat, ist es nicht so wichtig, daß *er mir* nicht gefällt. Was mir möchte Sorgen machen, ist, daß *ich ihm* nicht gefalle."

„Sie meinen dem seinen Antisemitismus?"

„Klingt nicht gut, was er sagt", sagte Silberstein.

„Geredet wird viel. Von den Politikern. Nichts wird so heiß gegessen, wie es gekocht wird."

„Weiß nicht, weiß nicht, Herr Kommerzialrat, ob wir uns nicht den Mund verbrennen, wenn wir *lauwarm* würden essen müssen, was der kocht. Sie nicht, Herr Kommerzialrat, aber wir."

„Sie? Die Friseure?"

„Die Jid."

*

Aber redeten auch von was anderem. Angenehmerem.

„Waren wo, Herr Kommerzialrat?"

„Biarritz."

„Das ist weit weg?"

„Ich sag' Ihnen, Silberstein, wenn nicht meine Frau unbedingt – und weil sie ein Büchl gelesen hat von der Kaiserin Ü-sche-nie, Sie wissen, die französische vom Napoleon, welche in Biarritz gelebt hat … also *ich*!? Niemals."

„Nicht schön dort?"

„Naja. Das Meer. Ja. Ist halt Wasser. Haben wir hier auch. Gebe zu, das Meer ist größer als der Huturmer See. Muß ich deswegen hinfahren? Im Hotel – ich sag' Ihnen: Hotel dü Palä … schon sehr imponierend. Großes Haus. Aber wenn mein Direktor so – Sie verstehen – ich schau immer zuerst auf die Türklinken. Sie müssen, merken Sie sich das, immer auf die Türklinken schauen. Wenn die geputzt sind und mit Sidol und so fort – dann können Sie beruhigt dort absteigen –"

– werde kaum Gelegenheit haben, denkt Silberstein.

„Die Türklinken. Das ist sozusagen der Prüfstein. Die Türklinken dort? Sind jahrelang nicht geputzt worden. Und das Essen. Meine Güte, Silberstein. Das Essen …"

„Aber man sagt, die französische Küche?!!"

„Von wegen. Die Suppen sind kalt, dafür ist der Salat lauwarm. Und Schnecken und Frösch'. Und das Fleisch sieht aus wie zerkochte Germknödel und schmeckt nach Knoblauch. Was ich für Nachspeis gehalten hab, war ein heißes Taschentuch in Zitrone fürs Mundputzen. Die ganze französische Küche, gehn S', hörn S' mir auf, ist ein einziger Reklameschwindel."

*

Oder die Neuigkeiten aus der Stadt – ja, Stadt. Politisch-juristisch schon, aber Kleinstadt und im Kern immer noch Dorf. Zum Beispiel:

„Haben Herr Kommerzialrat von der pikanten Geschichte mit der schönen Frau Adam gehört?"

Hat nicht.

Die schöne Frau Adam war die Ehefrau des alles andere als schönen Herrn Adam. „Kennen Herrn Adam? Ja, selbstredend. Ist nicht mein Kunde, sonst möchte er anders ausschauen." Herr Adam betrieb ein nicht unbedeutendes Geschäft mit Haushalts- und Glaswaren in der Sigisbert-Straße. (Ja. Früher sagte man: der Weg zur Bahn hinauf, am Schmied vorbei. Der Schmied hat seine Esse lang schon weit außerhalb verlegt, und jetzt: Sigisbert-Straße. Auch gepflastert.) Er sah aus wie – „No, Sie kennen einen Salz- und Pfeffer-Schnauzer. So struppig, nicht wahr, Herr Kommerzialrat, und so sieht der Adam aus." Wenn man so aussieht und schon so alt ist, sollte man, meinte Silberstein, keine junge Frau nehmen. Da sollte man eine gesetzte, erfahrene Frau nehmen, möglichst Witwe. So eine macht keine Dummheiten mehr. Aber nein – muß der Adam eine junge Frau nehmen: die Cordula, die fescheste Kellnerin, die der Mohrenwirt je hatte. Hatte allen Burschen den Kopf verdreht, aber geheiratet hat sie den alten Adam. Warum? „Na! Warum schon, Herr Kommerzialrat, sie rechnet sich aus, wann sie Witwe wird. Aber ich bitte Sie, nur weil einer hinkt, stirbt er noch lang nicht. Der wird hundert Jahr. Dann hat sie sich geschnitten mit dem Erbe."

Eifersüchtig wie ein Türke, nicht ganz unbegründet bei dem Lebenswandel, den die Cordula vorher geführt hat. Und da waren die zwei Zwillinge. Sie waren gar nicht Zwillinge, nur dem Alter nach einander nahe, ein Jahr nur auseinander: Albin und Anatol: siebzehn und sechzehn, gaben sich aber schon ganz als Herren. Lange Hosen, fescher Haarschnitt, Scheitel, seitlich ein wenig in die Stirn fallend, das Tennis-Rackett unter den Arm geklemmt, den hellen Pullover über die Schultern und so weiter.

Die beiden langweilten sich natürlich, während Papà und Mamà gemächlich die See-Promenade entlangspazierten: vormittags vom Hotel aus hinunter, nachmittags vom Hotel aus hinauf. Dazwischen Kaffee und Kuchen auf der Terrasse.

Dem Älteren der beiden, Albin, stach Cordula ins Auge. Er ihr auch. Wie das zustande kam, wußte man nicht. Jedenfalls lungerte Albin, während Anatol draußen Tennis spielte, in der Nähe des Adamschen Haushaltswarengeschäftes herum, erkundigte sich wohl scheinheilig nach diesem und jenem gläsernen Schmuckgegenstand in der Hoffnung, daß die Frau des Hauses im Geschäft auftauchte. Sie tauchte aber nicht auf, denn Adam hatte längst mißtrauische Witterung aufgenommen und seiner Frau verboten, herunter in den Laden zu kommen.

Irgendwie aber mußte es Albin gelungen sein, zur schönen, lockeren Cordula Verbindung aufzunehmen. Amor verschießt nicht nur die Pfeile, er wuselt dann schon auch hinterher. Schafft Gelegenheit.

Kurzum:

– ein schöner Spätsommerabend. Herr Adam sperrte den Laden zu, ließ die Rolleaux herunterrasseln. Albin spazierte vor dem Laden auf und ab. Cordula schaute oben aus dem Fenster. Dem Adam fuhr die Eifersucht in Form seiner üblichen Gastritis voll in den Magen. „Was glotzt sie denn aus dem Fenster, das Weib!" schrie er hinauf, „ist nichts zu tun in der Küche?"

Das Abendessen verlief unruhig. Der Alte stand immer wieder auf und rannte zum Fenster, um sich zu vergewissern, daß dieser verfluchte Grünschnabel, das Herrchen, in Wahrheit noch ein Bürschchen, leider immer noch „Veronika, der Lenz ist da …" pfeifend (obwohl schon fast Herbst war, dies nebenbei), auf und ab flanierte. Wenn man den Adam gefragt hätte, *was* es zum Abendessen gegeben hat, hätte er es nicht sagen können, so aufgeregt war er. Dabei war es seine Leibspeis': saures Züngerl und Knödel.

Nach dem Essen faßte Adam am Fenster Posto: ließ den Kerl unten nicht aus den Augen. Merkte nicht, daß es nicht mehr Albin war, sondern Anatol: das gleiche Tennis-Rackett, die gleiche Locke in der Stirn, der gleiche Pullover über der Schulter.

Derweilen war Albin hinten über den Zaun gestiegen, Cordula hatte den Schlüssel zur Hintertür hinuntergeworfen. Leise über die Stiege hinauf. Leise, leise. Und während vorn der Alte den vermeintlichen Gefahr-Gockel nicht aus den Augen ließ, währenddessen … hinten … keine zehn Meter entfernt …

… und so fort …

*

Doll hießen die beiden Gockel. Sie hatten auch eine Schwester: Mary. Mary war nicht dabei in den Ferien. Sie war die Älteste, hatte Sprachen studiert und war in der Zeit grad in England, um ihr Englisch zu perfektionieren. Sie sollte in Huturm noch eine Rolle spielen, denn die Dolls kauften ein kleines Haus am Rand der Stadt, ruhig gelegen. Hinter der Bahn, dem Wald zu. Also: ruhig gelegen, sofern nicht ein Zug vorüberbrauste. Die Dolls wollten, weil es ihnen so gut gefiel, die Ferien immer in Huturm verbringen, auch da bot sich ja an, statt des Hotels sich ein Ferienhaus zuzulegen.

Was die Tochter anbetrifft, die Mary: „Gescheit ist sie ja", sagte der Vater, „sehr gescheit. Aber wir müssen sie studieren lassen. Ob sie einen Mann kriegt, ist sehr fraglich: mit *der* Nasen."

Nein, schön war sie nicht, die Mary. Aber gescheit. „Zu gescheit für ein Mädchen", seufzte die Mutter.

Es kam nicht mehr dazu, daß die Dolls das Ferienhaus benutzten. Der Krieg. Einer der ersten Bombenangriffe auf Wien zerstörte das Haus der Dolls dort und den Betrieb, begrub die Dolls unter den Trümmern. Nur Mary konnte sich retten.

Und Albin: Kaukasus. Anatol: Tobruk. „Und findest du auch Gräber, im Sand, die niemand kennt …“

24.

F*rank Fieldworth*. „Wer ist das?" Der Tennisspieler. Ein Amerikaner.

Nein, kein Amerikaner. Obwohl: Amerikaner wird man leicht. Um ein Huturmer zu werden, ein *See-Viertler*, haben die Guggemot vier Generationen gebraucht, und selbst dann noch:

„Diese schwarzen Haare, bis ins hohe Alter. Hat schon der alte Guggemot gehabt, manche erinnern sich daran. Man hat damals gesagt ... womöglich ... aber Schwamm drüber –"

Den *Ariernachweis* oder *Arischen Nachweis* – das war später, wenig später – hat der Kommerzialrat nicht zu erbringen brauchen, weil er keinen Antrag auf Eintritt in „die Partei" gestellt hat. Nicht so wie *der* ... in Huturm ... und *der* ... und *jener* ... und plötzlich so viele. Und plötzlich waren so viele „Illegale" gewesen? Komisch.

(Ja – der Dr. Fritz Guggemot schon, der mußte schon einen *Arischen Nachweis* erbringen, war ja inzwischen Oberlandesgerichtsrat in der Landeshauptstadt.)

„Narrischen Nachweis", hat der alte Kommerzialrat gesagt, wenn niemand zugehört hat. Man mußte schon vorsichtig sein.

Förmlich angestanden, in Schlangen (wie später um die Sonderzuteilung von „Nährmitteln"), sind die Huturmer: Im Rathaus war das Büro eingerichtet. Es war ja so im „Reich" draußen (jetzt war, hurra!!, auch herinnen „Reich", allerdings ganz ohne „Öster", nur noch „Ostmark"), daß man gar nicht so ohne weiteres in die Partei eintreten konnte. Die *wollten* auf einmal, wie sie an der Macht waren, keine „Parteigenossen" mehr: abgekürzt: *PG*. Kurz nach der „Machtergreifung", als *der da draußen* die Macht ergriffen hat, hinaufgegriffen hat und die Macht ergriffen hat, obwohl er eigentlich zu klein dafür war, da haben sie die Parteilokale gestürmt, um Mitglied zu werden. Wurden noch aufgenommen im

Januar, Februar, März 1933: die später sogenannten „Märzgefallenen", dann das Türl zu. Aus. Von da ab gab es zwei Sorten „Reichsdeutsche": PG und Menschen.

Als dann aber jener Schicklgruber *der Geschichte* verkündet hat, daß seine Heimat! in das! Deutsche Reich! zurückgekehrt ist –

„Wie bitte?" hat die Geschichte gesagt, „was verkündet er mir? Da werden wir erst noch sehen, was draus wird."

– da wollten selbstverständlich die Österrei…, nein: die Ostmärker auch zur Elite, zur Führungsschicht gehören. Vom ordinären Menschen zum PG aufsteigen.

Deshalb wurden für begrenzte Zeit Aufnahme-Büros eröffnet, und vor denen bildeten sich Schlangen.

Und woher die ganzen Hakenkreuzfahnen? Ganz Huturm war voll Hakenkreuzfahnen. Aus mindestens einem Fenster jeden Hauses hing eine Hakenkreuzfahne. Hatte das Textilhaus Hohenbrunner solche vorrätig gehabt? In solchen Mengen? Oder ganz, ganz schnell genäht? Wobei Irrtümer vorkamen. Der Ortsgruppenleiter: fesche Uniform, braun – „durchfall-farbig", sagte der Kommerzialrat hinter vorgehaltener Hand; selbst dann verkniff er es sich, wenn sein Sohn da war, der vierte Friedrich, der Jura studiert hatte, kein Interesse am Hotel, Dr. iur., inzwischen, wie gesagt, Oberlandesgerichtsrat – der Ortsgruppenleiter ließ es sich nicht nehmen, persönlich den Direktor des *Kurhotels Goldenes Kreuz* darauf hinzuweisen, daß bei den drei Fahnen, die aus drei Fenstern des Hotels heraushingen, das Hakenkreuz falsch war: verkehrt herum. „Rechtsläufig!" sagte der Ortsgruppenleiter, „Ihre sind *linksläufig*."

„Macht das was aus?"

„Und ob! Herr Direktor!"

„Ach, mach' dich nicht an, Lutz, Hakenkreuz ist Hakenkreuz."

Lutz richtete sich zu voller Größe auf – es war nicht viel Größe bei seinen eins sechzig: „Ich mahne Sie zur Vorsicht, Herr Direktor. Es ist eine neue Zeit angebrochen, eine große! Und *ich* bin diese Zeit … also … sozusagen … quasi …"

„Mach' dich nicht an, Lutz, aber ich werd' es ändern lassen."

So wurden also die drei Hakenkreuze umgenäht, daß sie rechtsläufig wurden.

„Und, Herr Direktor", der Lutz versuchte nochmals sich aufzumandeln, „möchten dann schon *Sie* zu mir sagen, also wenn ich offiziell, also gewissermaßen völkisch mit Ihnen verkehre. Nicht wahr." Und etwas leiser: „Bitte."

*

Es war nämlich so, daß man in Huturm den plötzlich aufleuchtenden Ortsgruppenleiter nicht erkannt hatte. Dazu muß weiter ausgeholt werden, zurück bis in die Jahre vor dem ersten Krieg, da hatte nämlich der Kreuzwirt (im Aufstieg zum Hotelier sowie Kommerzialrat begriffen) die Genehmigung bekommen, zur Stromversorgung seiner Betriebe ein eigenes kleines Elektrizitätswerk zu bauen, seinen eigenen Strom zu erzeugen. Das Elektrizitätswerk wurde am Feilenbach errichtet, auf einem Grundstück, das Guggemot dem Giggerhofer-Bauern abgekauft hatte, wurde teils mit der aus dem Feilenbach gewonnenen Wasserkraft betrieben, teils mit Kohle. Lutz Hinkel hieß der, der das E-Werk betrieb, angestellt vom Kreuzwirt. Er wohnte auch draußen im E-Werk, eine kleine Wohnung im oberen Stock. Der Lutz Hinkel, der „Elektrische", wie man ihn nannte, starb. Die Stellung erbte sein Sohn, hieß auch Lutz Hinkel: „der junge Elektrische". Er war immer schwarz, schwarz vom Ruß, vom Schmieröl, überhaupt. Überkrustet. Man kannte ihn nur so: schwarz, schwärzer als ein Kaminkehrer. Auch seine Frau war schwarz und die fünf Kinder auch …

… und plötzlich war er *braun*. Gewaschen, geschniegelt, eine Haarsträhne über der Stirn wie der „Führer", Hakenkreuzbinde … kein Wunder, daß man ihn im ersten Augenblick nicht erkannte. Und die Verhältnis-Situation mit dem Hoteldirektor, der ja sein Vorgesetzter war, war also prekär: einerseits der Chef, andererseits war man „eine völkische Führungspersönlichkeit" …

Es dauerte lang, bis sich der Hoteldirektor zum „Sie" durchrang.

Der alleroberste Chef, sofern man das sagen konnte, der Mann, dem alles gehörte, der Chef vom Chef sozusagen, der Herr Kommerzialrat in der *Villa Seeblick* oben hatte allerdings in seiner Leutseligkeit selbst zum überkrusteten Lutz „Sie“ gesagt. Selbstverständlich auch jetzt, als sich der Ortsgruppenleiter bemüßigt fühlte, einen – quasi – Antrittsbesuch bei ihm zu machen.

„Fesch schauen Sie aus, Lutz“, sagte der Kommerzialrat. (Lutz bemerkte den Unterton nicht.)

„Jawohl, Herr Kommerzialrat. Es ist eine neue Zeit, eine völkische.“

„Ja, ja. Habe auch davon gehört.“ (Und dachte dazu: „Sie schreit ja laut genug, die völkische Zeit.“)

Nach einigen mehr verlegenen Wendungen und Windungen über das Wetter, das Befinden und so fort: „Wollen Herr Kommerzialrat nicht auch beitreten? Das Kontingent ist an sich erschöpft, aber für Sie könnte ich meinen Einfluß geltend machen.“

(„Da schau her“, dachte der Kommerzialrat, „wer auf einmal einen Einfluß geltend machen kann.“)

„Nein, danke, Lutz.“

„Ich würde es mir gut überlegen, Herr Kommerzialrat.“

„Ach, wissen Sie, Lutz, es rentiert sich bei mir nicht mehr. In meinem Alter! Was hätte Ihr Führer –“ („Ihr Führer“ sagte der Kommerzialrat, nicht „der Führer“ oder gar „unser Führer“) „– von so einem alten Dackel in sein…“ (fast hätte er „Verein“ gesagt) „– seiner Partei.“

Lutz bohrte weiter, aber der Kommerzialrat blieb bei seiner Ablehnung. Auch als Lutz von der Großen Zukunft redete. Vom Großdeutschen Reich. Vom Lebensraum im Osten. Von den Juden.

„Er mag die Juden nicht, Ihr Führer.“

„*Nicht mögen* ist schwach ausgedrückt. Die Juden sind … sind ein … Fremd… Fremdgeschwür am völkischen … Dings, am völkischen Dings … also am völkischen Volk.“

„Und was passiert mit den Juden?“

„Sie kommen auf eine Insel.“

„So. Aha. Und die Halbjuden? Ich schlage vor, die kommen auf eine Halbinsel."

Da merkte selbst der Lutz den Unterton. Er stand auf. „Ich würde, Herr Kommerzialrat, keine Witze machen."

„Schon gut, schon gut, Lutz. Nehmen S' noch einen Keks. Auch noch ein Gläschen?"

Lutz schwankte zwischen altem Respekt und neuem Trotz. Der siegte dann.

„Danke, Herr Kommerzialrat, ich habe noch zu tun. Heilhitler." („Heil Schicklgruber!" dachte der Kommerzialrat.)

*

An der einen Wand des E-Werks, die von der neuen Zufahrtsstraße aus zu sehen war, ließ Lutz die Schrift anbringen:

HUTURM WÜNSCHT KEINE JUDEN

Gegen den Kommerzialrat etwas zu unternehmen, wagte er nicht. Da steckte der Respekt doch zu tief in ihm.

*

Frank Fieldworth haben wir jetzt schon ganz aus den Augen verloren. Auch in Huturm hat man ihn aus den Augen verloren: Franz Gaudenz Kaspar Fürst von Feldenwerth-Tragans. Er hatte sie – wo sonst? – auf dem Tennisplatz kennengelernt: Judith Salomon, aufstrebender Jung-Tennis-Star. Sie hatte dann nach der Heirat ihre Karriere aufgegeben: drei Kinder: *Sarah, Jennifer* und *Douglas.* Und *Fieldworth.* „Feldenwerth-Tragans" hätte kein Mensch in Baltimore aussprechen können. Man soll nichts gegen Sportler und ihr kleines Hirn sagen: Er hatte sehr schnell die Zeichen der Zeit erkannt, der „fünfte Fürst" und nunmehr Fieldworth. Hatte sich und die Seinen in Sicherheit gebracht.

*

In unregelmäßigen Abständen flattern denen, die ein Wappen und ein Krönlein mit fünf, sieben, neun Zacken oder gar ein geschlossenes solches führen dürfen, Fragebögen zu, höchst höflich abgefaßt, korrekteste Anrede usw. Von der Redaktion des *Gothaischen Genealogischen Kalenders.* Der ist genau gegliedert, viele Bände in zugeordneten Farben: rot, blau, grün, grau. Die besten Bände sind die roten. Feldenwerth-Tragans selbstverständlich im roten Band, Abt. II A. (In Abt. I sind nur die regierenden und ehemals regierenden Häuser verzeichnet.) Im Lauf der Jahre müssen die Bände aufs laufende gebracht werden: Geburt und Tod. Daher die Fragebögen.

Die Fürstin sitzt vor so einem Fragebogen und denkt nach, was sie da hineinschreiben soll. Sie trägt das Todesdatum ihres geschiedenen Mannes ein, dann – sie kramt in alten Briefschaften – das Datum der Hochzeit ihres Sohnes und den Namen der (ob sie selber das überhaupt vergegenwärtigt) neuen – na ja – Fürstin, die Namen der drei Kinder: deren Geburtsdaten, d. h.: das Jahr. Den Tag weiß sie nicht. Setzt ein „?“ hin. Die Adresse in Baltimore. Ihre eigene Adresse ist immer noch: *Huturm / Schloß.* Obwohl …

Obwohl … und hinter ihrem Namen in Klammern: Wiederverheiratet am … usw. … mit Hagen Lawge, geb. am … usw. Beruf: ja was? Kaufmann? Unternehmer? Die Wahrheit wäre: Gauner. Besser noch Obergauner. Seine Adresse … die würde sich *sehr* unschön im *Genealogischen Handbuch des Adels* ausnehmen.

Das „obwohl“: Die Fürstin, bürgerlichrechtlich: Frau Annina Lawge, sitzt am Tisch des einen Zimmers, das sie im Schloß noch bewohnt. Sie hat es mit Geschmack eingerichtet, hatte einige gute Stücke retten können. So auch ihr Schlafzimmer. Eine kleine Küche – eine Abstellkammer. Es war dies alles die Dienstbotenwohnung des Verwalters gewesen. Wohlgemerkt: nicht die Verwalterwohnung, die war viel größer.

Immerhin wohnte sie mietfrei.

Sie prüfte noch einmal die Eintragungen, faltete den Bogen zusammen.

*

Auf einer Bergwanderung war es passiert. Regen und Gewitter, Zuflucht in einer Almhütte, romantische Nacht im Heu. „Daß es so etwas gibt?" dachte die Fürstin heute, „daß *mir* das passieren mußte?" Ungern wäre sie darauf hingewiesen worden, daß sie in den blonden Hünen Hagen Lawge aus „Mecklenburch" schon verliebt war, als sie ihn als Verwalter einstellte, daß die romantische Heunacht zwangsläufig war.

„Noch dazu an Protestant, an lutherischen", flüsterte man in Huturm. – „Ist ja selber protestantisch!" – „Ach ja, richtig."

Aber das dicke Ende kam nach wenigen Jahren. Erst die leichtsinnigen Vollmachten über die Konten, dann eine im spätweiblichen Liebestaumel dem um fast zehn Jahre jüngeren Blondin gewährte Generalvollmacht. Daß der „Meeklenburch-Germane" (so Dr. Niederle, der der Fürstin dann später auch nur noch wenig helfen konnte) erst in Monte Carlo die Arbeitsplätze der Croupiers sicherte, dann in Iffezheim jene der Jockeys, dann in Hamburg auf der Reeperbahn die Poker-Karten abnützen half – ein französischer Weinhändler, ein ziemlich großer, geldiger, ersteigerte dann das Schloß und alles, was noch dazugehörte, was nicht der „Wikinger-Luftikus" (wieder: Dr. Niederle) vorher schon verscherbelt hatte, gedeckt von der General-Vollmacht.

Immerhin konnte Dr. Niederle für die Fürstin heraushandeln, daß sie zwei Sachen behalten durfte: die ehemaligen Dienstbotenräume der Verwalterwohnung, mietfrei auf Lebenszeit, und die Familiengruft. Der Franzose bewilligte das ohne großes Trara. Er hatte eh, nachdem er sein neues Schloß besichtigt hatte, dann kein größeres Interesse dran. Geldanlage. Er wohnte alles in allem vier Tage im Schloß. Kann sein fünf.

Und fünf Jahre bekam Hagen Lawge: Betrug, Urkundenfälschung, aber auch (was dabei alles herauskam) schwere Körperverletzung, gefährliche Drohung, Amtsanmaßung …

*

Sie steckte den zusammengefalteten Bogen in ein Kuvert. Klebte zu. Ging zur Post. Vor der Schule blieb sie stehen: Da stand der Ortsgruppenleiter neben einer Leiter. Auf der Leiter ein Arbeiter.

„Wir bringen eine Tafel an, Frau Fürstin", sagte der im Augenblick nicht rußgeschwärzte Lutz mit immerhin noch einem devoten Rest.

„So, aha."

Roter Marmor mit goldener Schrift.

„Die Volksabstimmung über den Anschluß, wissen Sie, zur völkischen Erinnerung."

„So, aha."

FÜR DEN ANSCHLUSS STIMMTEN: 6.743
GEGEN DEN ANSCHLUSS STIMMTEN: 11

„Ich kann mir denken", sagte der Ortsgruppenleiter, „wer diese elfe war'n." Und schaute die Fürstin von der Seite an.

„Auf Wiedersehen", sagte die Fürstin.

Als sie aus dem Postamt herauskam, fuhr grad der neue *Horch* des Kommerzialrats vorbei, er im Fond, vorn der Chauffeur, offenes Verdeck – warmer Sommertag. Der Kommerzialrat ließ halten.

„Erlauben, Durchlaucht, daß ich Ihnen anbiete, Sie mitzunehmen?"

„Danke, Herr Kommerzialrat, es steht nicht dafür. Die paar Schritte."

25.

Es war erst Mitte Oktober, aber es lag schon Schnee in der Luft.

Neun Uhr und es läutete. Guggemot – der Kommerzialrat – hörte es von unten herauf, auch daß das Dienstmädchen die Tür aufmachte und den Silberstein hereinließ. Also dieses Detail hörte der Kommerzialrat nicht, aber er wußte, das konnte nur der Silberstein sein. Die Pünktlichkeit selber.

Silberstein kam herauf.

„Was haben Sie denn *da*?! Silberstein?“

Silberstein zuckte mit den Schultern, packte sein Handwerkszeug aus wie immer. Ein gelber Stern, gut handtellergroß, auf der linken Seite seiner Jacke.

„Müssen Sie das jetzt tragen?“

Silberstein nickte.

„Bevor ich einseife, Herr Kommerzialrat, darf ich noch? Ich meine, nicht daß Sie Schwierigkeiten haben, wenn ich in Ihr Haus komme?“

„Noch bestimme ich, wer in mein Haus kommt. Fangen Sie an, Silberstein.“

Er gab ihm dann die üblichen zwei Mark. Und einen Fünfzigmarkschein als Trinkgeld.

„Aber Herr Kommerzialrat … aber … so viel …“

„Noch bestimme ich, wieviel ich Trinkgeld gebe. *Und wem.*“

Beinahe hätte Silberstein dem Kommerzialrat die Hand geküßt, und nicht einmal wegen der fünfzig Mark.

Er packte sein Handwerkszeug in die abgewetzte Tasche. Er verbeugte sich, ging aber nicht gleich.

„Was ist, Silberstein?“

Silbersteins Lippen zuckten verdächtig …

„Wo ich doch –"

Silberstein griff in seine mit dem Judenstern „gezierte" Jacke, in die Brusttasche, und zog eine kleine Medaille an einem rot-weiß-roten Band hervor, hielt sie dem Kommerzialrat hin: „Wo ich doch …"

Er steckte die Medaille wieder ein. „Wo ich doch ein alter Kaiserjäger bin. Wo ich doch … drittes Regiment, hat mir Exzellenz Generaloberst Křitek selber …" Die Stimme versagte ihm.

„Ja, ja", sagte der Kommerzialrat, „jetzt setzen Sie sich einen Moment her. Berta!" rief er das Stubenmädchen, „bringen S' einen Kaffee. Von Bohnen!" Und zu Silberstein: „Erzählen S' von Exzellenz Generaloberst Křitek."

Beim Hinausgehen dann sagte Silberstein aber doch noch einmal: „Wo ich doch ein alter Kaiserjäger bin."

*

Daß der Kommerzialrat eines Tages vergeblich auf Silberstein wartete, hing nicht damit zusammen, daß der etwa unzuverlässig geworden wäre.

26.

Der Gnadenreichtum des Fastens", predigte Pfarrer Schmied bei der Trauerfeier, „soll unangetastet bleiben, aber daß das Brot und der Wein auch Gaben des Herrn sind, dürfen wir darüber nicht vergessen ..." Ja, der geistliche Herr aß gern das Brot und auch so manches köstliche Beuscherl, eins seiner Lieblingsgerichte, das die gute Tant' Fanny – Gott hab' sie nun leider, leider selig – extra für ihn gekocht hatte. In Maßen, er war kein Fresser, dazu war er zu kultiviert, aber er war ein Genießer. Hmm, mochte er während des Requiems gedacht haben, jenes unvergeßliche Ganserl an einem Dreikönigstag, als es draußen vor Kälte klirrte – und die Knödel von einer unerreichten Rundung dampften – und die Sauce! Die Sauce der Tant' Fanny im Kreuzwirt! Die Sauce.

„Ja, Hochwürden", hatte die Zwergin mit ihrer kleinen Stimme gesagt, „die Sauce ist fast das Wichtigste, das ist sozusagen das Urbi et Orbi –", sie kicherte, „– wenn Hochwürden den Vergleich erlauben. *Ein* Körndl Salz zu viel, *ein* Blattl Thymian zu wenig kann alles verderben. Und jaa kein Stäuberl Mehl nicht an die Sauce. Wie bei die Piefke." Sie fiel ins Hochdeutsche: „Die deutsche Mehlschwitze."

Ja, der Fanny ihre Saucen. Jetzt lag die Zwergin da in dem Sarg, klein wie ein Kindersarg. Requiescat in pace. Die Gute.

War am Herd umgefallen. Einfach so. Nie krank gewesen ... „Wie alt war sie? Da muß ich erst nachrechnen. Sie hat immer gleich ausg'schaut."

Am Grabstein stand's dann schon.

Einfach umgefallen. Den Kochlöffel noch in der Hand. „Ein kulinarischer Heldentod", so Dr. Niederle. Aber gar nicht zynisch sagte der das, bewundernd, liebenswürdig.

Und zum Schluß seiner Totenpredigt sagte der Pfarrer Schmied etwas, das alle zum Nachdenken brachte: „… und war es denn nicht *sie*, die Verwachsene, die von der Natur, was die äußere Gestalt anbelangt, so Benachteiligte, die mit ihrer Kunst – ja! mit der Kunst, der Gabe, die ihr unser Herr vielleicht als Ausgleich für ihre Behinderungen geschenkt hat, die mit dieser Gabe, die sie wohl zu gebrauchen verstand, aus einem – salva venia – eher einfachen, sicher redlichen, aber nicht eben bedeutenden Gasthaus ein Haus ersten Ranges gemacht hat? Ihre Verdienste, liebe Trauerfamilie, unbeschadet, aber daß der Ruf Huturms heute weit über die engeren Grenzen hinausgeht, verdanken wir ihr. Ihre Kunst hat den Anstoß gegeben. Vergessen wir das nie …“

Es waren nicht wenige, die ein wenig schluckten, das Taschentuch an die Augen führten, als sie dann am offenen Grab die Schaufel voll Erde hineinwarfen … das Weihwasser …

So klein war sie. So unbedeutend – scheinbar. So bescheiden. Und jetzt … so einen Trauerzug hatte Huturm noch nie gesehen. Es war schon so, wie der Pfarrer richtig sagte – ihr verdankte man *es*. Daß Huturm jetzt ein anderes Huturm war.

Als die ersten oben am neuen Friedhof sich schon um das Grab gruppierten, hatten sich unten in der Kirche noch längst nicht die letzten in den Zug eingereiht. Von allein! Ohne Aufforderung hatte sich die Feuerwehrkapelle eingefunden – ja, nun. Auch der Herr Feuerwehrhauptmann hatte den gespickten Hasenrücken der Tant' Fanny nicht verachtet …

„Hier liegt vor Deiner Majestät
Im Staub die Christenschar …“

(„Aber daß fein sauber g'spielt wird. B-Dur! Es ist für die Fanny“!)

Und der Hauptmann der Schützenkompanie? Selbstverständlich gleichfalls. Sein Leibgericht war die Griesnockerl-Suppe … „Wissen S', Fräul'n Fanny, Ihre Griesnockerl … in ihrer Einfachheit, wie soll ich sagen: klassisch! Sie verstehen: klassisch! Quasi die Mona Lisa unter den Kulinaritäten.“ (Er hatte eine Gruppenreise mit dem Kulturverein *Urania* nach Paris unternommen. Seitdem sprach er gern von „klassisch".)

„Na ja, in gewisser Weise schon", hatte die Fanny gesagt, „Griesnockerl sind *auch* eine Glückssache. Aber wenn man's kann, ungefähr ..." Sie kicherte. Bei den Griesnockerln hatte sie Glück. Im Leben …?

Immerhin krachte jetzt eine General-Decharge über das Grab der Fanny hinauf in den blitzblauen Himmel.

„Eine großartige Beerdigung!" sagte die Antonie Hagspiel.

„Sie hat's verdient", sagte die Appolonia Mayseder.

Ob sie von dort oben –? Ob's das vielleicht doch gibt? Freundlich lächelnd herunterschaut? „Aber *den* Aufwand, das hätt's doch alles net' braucht! Für mich …"

„Doch!"

Die Fanny dreht sich um. „Doch!" sagt die heilige Martha von Bethanien, die Patronin der Köchinnen. Die hat ja damals für den Herrn gekocht. Was? Das steht nicht in der Bibel. „Was haben Sie gekocht, Frau heilige Martha?"

„Kannst ruhig du sagen zu mir, Fanny, ich zeig's dir drinnen." Und führt sie hinein zum großen, großen goldenen Tor. Und da stehen einhundertundvierundvierzig Engel, und es dirigiert der hl. Georg Friedrich: Alleluja!! Alleluja!! mit Pauken und Trompeten. Und auf einmal ist sie gar nicht mehr verwachsen und braucht keinen Stock mehr, und drinnen dann …

*

Den kleinen Stock bewahrte der Fritz auf, er ließ ein Glaskästchen machen wie für eine Reliquie und im großen Speisesaal aufstellen, mit einem Bild von der Tant' Fanny, wie sie am Herd steht, den Kochlöffel in der Hand.

27.

Otto Kulterer. *Der* Otto Kulterer. Er selber. Der große Otto Kulterer, der kantige Kulterer, mit dem kantigen Gesicht, dem kantigen Kinn und seiner kantigen Sprache. Er selber. Der deutscheste der Deutschen. Obwohl er aus einem der hintersten Täler stammte. Ob das dort wirklich deutsche Deutsche waren? Und nicht irgendwelche Rätier oder so? Oder Kelten? Aus einem der hintersten Täler, wohin die Errungenschaft des aufrechten Ganges erst kürzlich gedrungen ist.

Der große Kulterer. Natürlich auch einer der Lieblinge des „Führers". Der ergötzte sich an Kulterers Filmen. Sonst hätte Kulterer das Schloß nicht bekommen. Quasi also ein Geschenk des „Führers". Dem französischen Großweinbauern wurde es selbstverständlich weggenommen: Feindgut.

So zog der große, der kantige Otto Kulterer ins Schloß.

Er schrieb auch wunderbare Bücher, der Otto Kulterer, der kernige Kantige. Auch die las der „Führer" gern. Sie hießen: *In Fels und Firn* oder *In Eis und Fels* oder *Schicksal in der Wöltener-Wand* oder *Der Bergtempel von Pforzen* oder so ähnlich. Sozusagen Senkrecht-Literatur.

Also um genau zu sein: Auf den Buchumschlägen stand: *Otto Kulterer.* Die Verlagsverträge unterschrieben hatte schon: er. Und, wie gesagt, der „Führer" las sie gern – nicht die Verlagsverträge, die Bücher. Und schenkte dafür dem Otto Kulterer das Schloß Huturm.

Mehrfach hatte Kulterer „seinen Führer" eingeladen, ihn in seinem neuen Schloß zu besuchen. Leider, leider. Da der „Führer" nicht einmal mehr Zeit hatte, vor lauter Kriegführen, in sein geliebtes Bayreuth zu fahren, noch viel weniger nach Huturm. Aber andere kamen gern und oft: der Ganz-Dicke mit dem Milchgesicht, der Klein-Dürre mit dem Klumpfuß, der Mord-Buchhalter mit dem Zwicker auf der Nase. Auch der Kaiserlich Japanische Botschafter, Exzellenz Oshima, erholte sich gern von seinen Amtsgeschäften bei Otto Kulterer.

Aber die Bücher, die Kulterer – nun ja: geschrieben hatte, und seine Filme (da hätte er auch besser andere herangelassen, sie waren – und sind, horribile dictu – haarsträubend knorzig und kernig) waren gar nicht sein hauptsächlicher Ruhm. Sein hauptsächlicher Ruhm war, daß er

die Berge erfand.

Die Berge sind seine Erfindung, vor allem, daß man *hinaufkraxeln* kann. Vielleicht hängt das damit zusammen, daß, wie gesagt, das aufrechte Gehen erst spät in jenen Tälern üblich wurde, und so das vierfüßige Gehen noch im Blut lag, und nachdem es nach und nach selbst dort hinten komisch wirkte, daß die Kulterer auf allen vieren gingen, sie wenigstens diese Gangart ins Senkrechte wandten und also auf allen vieren die Berge hinaufkrochen.

So erfand Otto Kulterer die Berge.

Die zweitwichtigste Erfindung Kulterers war der Kulterer-Hut: grau-weiß-schwarz-gepunktet, in der Form exakt den geliebten Bergen nachgebildet. Mit dem Hut angetan, die Zähne gebleckt, spielte Kulterer in seinen Filmen die Hauptrolle, immer. Regie und Hauptrolle. Hier und dort den Kulterer-Hut auf dem kernigen, kantigen Kopf.

„Dabei heißt es“, sagte der Pfarrer Josef Schmied, „daß er nie auf einen Gipfel gestiegen ist. Um ihn dort oben zu photographieren, mußte man ihn hinauftragen.“

*

Er besaß das Schloß, aber er lebte eigentlich nicht hier. Die Familie schon, eine Frau, ein paar Kinder. Ab und zu kam er, dann mit großem Geschrei: Die Wochenschau war dann da und filmte launig, wie der große, sonnengebräunte Otto Kulterer Schnee vom Dach schaufelte. Kernig die Schaufel schwingend. (Allerdings nur, solang die Kamera surrte.)

Hauptsächlich lebte er in Berlin oder in Rom. In Berlin hieß die dort dem Kulterer nahestehende Actrice: Hildegund Seher, in Rom: Ada Padana. Er war halt ein ganzer Mann. Leider, ja, leider allerdings ein wenig kurz geraten, wie fast alle dort hinten im Tal, aus dem er kam.

Er bewirkte aber auch Gutes in Huturm.

Der Pfarrer Josef Schmied hatte sich den Mund verbrannt.

„Warum müssen Sie auch so was sagen – predigen! – Hochwürden", sagte der Kommerzialrat später, danach, als der Pfarrer wieder da war, um ein paar Kilo magerer und um eine höchst unerwünschte Erfahrung reicher.

Der Pfarrer hatte gepredigt, da mußte etwas in ihm aufgeplatzt gewesen sein, daß es förmlich eine Gotteslästerung ist, um den Sieg der eigenen Waffen zu *beten*: Gott zu bitten, daß er andere Menschen, Feinde, die man lieben solle nach Jesu Gebot, von der Platte putze. Noch dazu: wenn man bedenke, daß die französischen und englischen Christen und so fort darum beten, daß umgekehrt möglichst viele von den Unseren krepieren, da öffne sich doch die Erkenntnis, wie lächerlich das sei. „Eine Gotteslästerung!"

In der wöchentlichen Bibelstunde war er noch deutlicher geworden. „Was sollen wir kleinen Pfarrer denn tun? Was sollen wir sagen, wenn die Herren deutschen Bischöfe denen – denen in den, gestatten den Ausdruck, Arsch kriechen, allen voran der Heilhitler-Kardinal Bertram von Breslau? Was sollen wir denn sagen, wenn die Leute uns fragen, uns kleine Pfarrer?"

Ehrlich gesagt: Sehr gut besucht waren die Bibelstunden des Pfarrers nicht. Sie waren den Huturmern zu intellektuell. Hauptsächlich altersmäßig schon etwas abgehangene Damen, die für den Pfarrer heimlich schwärmten.

Aber ein Spitzel, den der Hinkel, der rußige Ortsgruppenleiter, abgeordnet hatte.

Und so kam es, daß der Pfarrer abgeholt wurde. Der Kommerzialrat ging zum Kulterer. Sie kannten einander. Schon „vorher" war Kulterer einmal (vielbeschriener) Gast im *Kurhotel Goldenes Kreuz* gewesen, vom Direktor nicht nur, auch vom kommerzialrätlichen Eigentümer begrüßt. Selbstredend. Und dann später hatte Kulterer bei dieser oder jener Gelegenheit den Kommerzialrat und Frau eingeladen. Zum Beispiel zur Privatvorführung des neuen Films: *Der Dorfdepp von Deutsch-Murksberg* – nein, das wäre zwar ein angemessener Titel für die Zelluloid-Machwerke Kulterers – des neuen Films: *Deutscher Fels und deutsches Schicksal.* Oder so ähnlich. Also ging jetzt der Kommerzialrat zu Kulterer, der zum Glück zufällig bei seiner legalen Familie weilte, und bat um Hilfe für den Pfarrer.

Das war „nach Stalingrad". Die, wie man so sagt, Befindlichkeit der deutschen Bevölkerung (und aller, die damals unter „deutsch" liefen – man versteht, was gemeint ist) teilte sich zeitlich in zwei Abschnitte: vor Stalingrad und nach Stalingrad. So blöd war Kulterer nun auch wieder nicht, daß er zu den immer weniger werdenden gehörte, die *nach* Stalingrad noch so wie *vor* Stalingrad dachten. Er sorgte bereits vor. Er ging wieder, nicht zu oft, aber immerhin ab und zu, in die Kirche, obwohl das enesdeapelicherseits gar nicht gern gesehen wurde. Und da kam ihm eine Intervention zugunsten eines Pfarrers gerade recht. Und tatsächlich konnte Kulterer einige Hebel umlegen, an einigen Rädern drehen, und nach drei Wochen war H. H. Joseph Schmied wieder da.

Und saß wieder – wie schon vorher gelegentlich – in der *Villa Seeblick*, wo es wohldosiert immer noch ein Schälchen Bohnenkaffee gab.

„Daß Sie aber auch solche Sachen predigen müssen, Hochwürden."

„Aber weil's doch wahr ist!"

„Es dauert doch eh nicht mehr lang. Wenn dieser Hitler auch nur ein Deka Gehirn hätte, müßte er doch erkennen … Oder? Mit mir können Sie offen reden."

„Er ist klein. Das ist das Eigentliche an ihm. Er ist innerlich klein. Er hat keine Größe. Er ist humorlos, und er verachtet die

Menschen, selbst seine eigenen *Volksgenossen*, ja selbst die verachtet er: aus Rache dafür, daß er den ihm anhaftenden Kleinbürgermief nicht loswird."

„Ist Stalin groß?"

Der Pfarrer dachte nach. „Ja, ja, doch. Als dämonischer Mörder. Der Hitler ist nur ein Täter, kein Dämon. Allenfalls ein Dämon in Filzpatschen."

„Was kommt danach? Der Kommunismus?"

So kamen sie auf den Papst zu reden, auf den zwölften Pius.

„Pastor Angelicus", sagte der Kommerzialrat.

„Von wegen", sagte der Pfarrer, „nur weil das in jener läppischen Fälschung steht, den angeblichen Prophezeiungen des Malachias. Seine ganze Politik ist die Angst vor dem Kommunismus."

„Der wäre mir auch nicht sympathisch."

„Aber wissen Sie, warum er, der Papst, Angst vor dem Kommunismus hat? Weil er fürchtet, daß ihm die Kommunisten sein Vermögen wegnehmen. Ja – ha! Vier Millionen Dollar in Gold hat er im Vatikan versteckt. Sein *Privat-Vermögen* nota bene! Weiß ich aus sicherer Quelle. Er hat sein ganzes Leben, vom Ehrgeiz zerfressen, darauf ausgerichtet, Papst zu werden. Ich sage Ihnen, Herr Kommerzialrat, der Teufel hat ihm dazu verholfen."

Der Kommerzialrat lachte. „Das wäre ja ein Stoff für einen Roman oder so etwas: Pacelli schließt einen faustischen Pakt mit dem Teufel, verkauft ihm seine Seele, damit er Papst wird."

Jetzt lachte auch der Pfarrer. „Wenn ich schreiben könnte – aber. Es ist mir zu ernst."

28.

Der Sommer ist schön in Huturm. Auf den Bergwiesen: der Acker-Wachtelweizen –

„Melampyrum arvense", sagte der Apotheker. Er kannte sich aus, gehört ja zu seinem Fach. Ein scharfes gefiedertes Purpur im Grünen.

– Kriechendes Gipskraut –

„Gypsophila repens", blaßlila, zarte fünf Blütenblätter.

– die Rote Ständelwurz –

„Epipactis atrorubens", wie der Name sagt, ein Stengel mit kleinen violetten Blüten.

„Der Friseur Silberstein …", sagte der Dr. Niederle. Ab und zu gingen die beiden, der Advokat und der Magister Repting, der Apotheker (stets in Schwarz gekleidet), hinauf durch den Wald und über die Bergwiesen bis zur *Jausenstation Überweg*, keine Bergtour, ein eher gemächlicher Spaziergang, sogen die Bergluft ein. „Wenigstens *das* ist noch nicht rationiert", sagte Repting. Beim *Überweg* tranken sie dann eine Tasse Malzkaffee. Alles andere allerdings war dann wiederum rationiert.

„Was ist mit dem Silberstein?" fragte der Apotheker.

„Er ist heute früh nicht mehr gekommen, wie wir es vereinbart hatten", sagte Dr. Niederle, fuhr sich über die Nackenhaare, die ihm schon zu lang waren.

„Ist er … krank?"

„Nein, krank ist er nicht."

Sie gingen schweigend, die gesunde Luft tief einatmend weiter.

– Esparsetten-Tragant –

„Astragalus onobrychis", sagte der Apotheker, „seltsam, wie viele Blüten violett sind. Wahrscheinlich besonders anziehend für die wilden Bienen."

„Astragalus onobrychis“, wiederholte Dr. Niederle, „daß Sie sich das alles merken können!“

„Sie merken sich ja auch Ihre Paragraphen.“

– Allermannsharnisch –

„Das allerdings eine weiße Blüte, ein kugeliges Büschel: Allium victoralis.“

Der Advokat blieb stehen, wandte sich zum Apotheker: „Er hat seine kleine Tapferkeits-Medaille aus dem vorigen Krieg neben den Judenstern angeheftet.“

„Hätte er nicht tun sollen.“

„Dem Hinkel“, sagte der Advokat und verzog das Gesicht, „hat diese rührende Geste förmlich sein gutes Herz abgedrückt. Und hat es ihm verboten. Deswegen.“

„Und?“

Sie gingen weiter.

– der Gebirgs-Kriech-Quendel –

„Wieder violett, bildet solche Polster: Thymus praecox.“

„Er war ja sonst eher kratzfüßig-devot, aber dem Hinkel hat er gesagt: Ist das verboten? Ich habe mir die Medaille ehrlich verdient! Als Kaiserjäger.“

– Paradieslilie – eine weiß gefiederte, leichte Blüte: „Paradisea liliastrum – hat nichts mit Paradies zu tun, der Botaniker Mazzucato hat sie nach seinem Gönner, dem Conte Paradisi, benannt, Napoleons Minister der Cisalpinischen Republik.“

„Ich fürchte“, sagte Dr. Niederle.

„... daß der Friseur ...?“

„Ich habe gewisse Verbindungen, beruflich bedingt, Sie verstehen. Der Hinkel ist zum Kreisleiter nach Bruck gegangen und hat den Silberstein angezeigt: er stifte Unruhe. Und überhaupt. Dann sei Huturm *judenfrei*.“

– sogar ein Türkenbund, was für eine Pracht: „Lilium martagon. Wo geologisch gesehen Kalk und Silikat zusammentreffen, entwickelt sich eine besondere Form.“

„Hinkel, das Schwein.“

„Werden alle Juden umgebracht?"

„Sie haben *Mein Kampf* nicht gelesen?" fragte Dr. Niederle.

„Wer hat schon *Mein Kampf* gelesen! Ich nicht."

„Sollten Sie aber. Dann wüßten Sie, was in den Konzentrationslagern vor sich geht."

„Das weiß ich auch so."

„So? Woher?"

„Wissen Sie's nicht?"

– die Hirschzunge, ein Farn, tiefgrüne, glänzende Blätter.

„Asplenium scolopendrium", sagte Magister Repting, „sagen wir, es gibt in den Konzentrationslagern, in Dachau, in Buchenwald, in Mauthausen und drüben im Osten insgesamt … ja, sagen wir knapp gerechnet 25.000 Mann Wachpersonal. Wenn nur die Hälfte verheiratet ist, 12.500 Ehefrauen. Ebensoviele Schwiegermütter und -väter, und Geschwister, im Durchschnitt … ja, sagen wir: mal zwanzig. Geht in die Hunderttausende. Je eine Milch- und eine Gemüsefrau. Also mal zwei multipliziert mit den Verwandten … jeder sagt es jedem unter dem Siegel der Verschwiegenheit. *Alle*, Herr Dr. Niederle, wissen es."

– die tiefrote Rostblättrige Alpenrose –

„Rhododendron ferrugineum", sagte der Apotheker.

Der *Almrausch* oder *Almenrausch* im Volksmund. Ja, der Volksmund, was der Volksmund so alles sagt, so alles gesagt hat. Einhellig, fast einhellig „Heilhitler!" hat er gesagt, der Volksmund.

Ein tiefes Brummen von Eisen hoch über dem Bergwald. Plötzlich: fern, dann bald näher, als ob die Berge erzitterten.

„Wieviele sind's?"

Der Apotheker versuchte zu zählen, aber die ersten waren schon jenseits über den Bergen: „Sechshundert, siebenhundert vielleicht."

„Wohin?"

„München vielleicht, oder Nürnberg."

„Und hier herunten blüht der Rhododendron ferrugineum, als ob nichts wär'."

29.

Früher wäre es umgekehrt gewesen. Zum Begräbnis der Fürstin wäre womöglich der Erzherzog Otto gekommen, der eine oder andere bayrische Prinz, von denen aus Abteilung II A im *Gotha* gar nicht zu reden. Aber jetzt im Krieg … Aus dem „feindlichen Ausland“, wo so mancher von ihnen saß, schon gar nicht, und sogar aus dem Inland: Man konnte, durfte nicht weiter als hundert Kilometer mit der Bahn fahren, sofern man nicht eine Genehmigung dazu hatte. „Sogar das Bahnfahren auf Bezugsschein quasi.“ Der einzige Sohn, der jetzt *Frank* hieß, aus Amerika? Aus Amerika kamen jetzt ganz andere Gäste: zu tausenden, warfen Geschenke über den Städten ab, freundliche Grüße, die aber herunten explodierten – über Huturm nicht, das war nach wie vor ein stiller Winkel. Windschatten des Krieges. Dafür verschwendeten „die Alliierten“ keine kostbaren Bomben, auch nicht für so einen wie den Kulterer, dessen im Entstehen begriffener Durchhalte-Parolen-Film *Schwert und Pflug* auch nichts mehr half.

So wurde der Sarg der Fürstin an einem stillen Herbsttag in die Gruft des Schlosses gestellt, fast wie ein altes Nachtkastl in die Abstellkammer. Grad daß der Pfarrer mitging und ein Ministrant. Der neue „Schloßherr“, Kulterer, der Erfinder der Berge, schickte einen Kranz: mit Edelweiß, Enzian und Alpenrosen.

Eine Woche später starb der Kommerzialrat. Das war eine andere „Leich'“. Zwar kam auch da der Sohn nicht zur Beerdigung, war durch einen – nun ja: Auslandsaufenthalt verhindert.

Der Schwelzer hatte gezeigt, was noch möglich war, selbst in diesen Zeiten. Was bei solchen Möglichkeiten noch aufzutischen war. Nur für geladene Gäste freilich, alles in allem vielleicht zwei Dutzend. Wenn „die ganze Bagage“, die aus Wichtigtuerei und Neugier und überhaupt bei der „Leich'“ vom Kommerzialrat mitgerannt oder besser, genauer gesagt: mitgeschlurft war, den Rosenkranz auf dem Weg vom Hotel zum Friedhof mitgeleiert hatte („gegrüßetseisdumariavolldergnaden –“ seltsamerweise und unsinnig immer mit der Betonung auf „seisdu“), verköstigt hätte werden sollen, hätte das sogar dem Schwelzer seine Möglichkeiten überschritten. Aber manche haben ihre Nasen dann an den Scheiben vom Hotel plattgedrückt: schauen, wie ein Schweinsbraten ausschaut. Ja: man sieht nicht mehr oft so einen.

Hinter dem Sarg und gleich hinter dem Pfarrer und dem Buben mit dem Kreuz die Witwe, dann die Tochter, die Barbara, an der Hand den Fritzl, der zwar nicht Guggemot hieß, sondern Schwelzer, wohl aber wie Großvater und Urgroßvater: Friedrich. Dreizehn Jahre alt. Der Hinkel, der Ortsgruppenleiter, der selbstverständlich auch mitging, ostentativ in Partei-Uniform, hatte bemängelt, daß der Fritzl nicht „im Ehrenkleid des Führers“, also in der Ha-Jott-Kluft erschienen war. „Das hätte der Großtatta sicher nicht wollen“, sagte die Barbara. Fritzl trug also seinen dunkelblauen Erstkommunion-Anzug (etwas die Hosen und die Ärmel verlängert, versteht sich), die Barbara Schwelzer geb. Guggemot und ihre Mutter: in Schwarz. Es gab sogar, ja, der „Führer“ denkt an alles, für Trauerfälle extra Textilbezugsscheine. Nicht viel, aber ein schwarzes, sogenanntes zeitloses Schneiderkostüm schaute schon heraus.

Neben Frau, Sohn und Schwiegermutter: Benedikt Schwelzer. Ein Kärntner, kam Mitte der Zwanzigerjahre als Chefkoch ins Hotel und lernte, wie man so sagt, die Tochter des Hauses, die Barbara, die einzige Tochter des dritten Friedrich Guggemot, der im Aufstieg zum Kommerzialrat und Haupt-Honoratior (sagt man so?) Huturms begriffen war, kennen und bald darauf lieben, was auf Gegenseitigkeit beruhte, und da er tüchtig und fleißig war, hatten auch die Eltern nichts dagegen, und der Benedikt („Beni“) Schwelzer, ein durchaus gewichtiger Mann in diesem und jenem Sinn, stieg vom Chefkoch zum Schwiegersohn auf und zum ehrengeachteten Bürger der Stadt.

Barbara, die schöne, schlanke, blonde Barbara war zwar die einzige Tochter, nicht aber das einzige Kind. Es gab noch den Friedrich, etwas jünger als Barbara, auch schön, soweit man von einem Mann „schön" sagen soll – fesch halt, „gutaussehend", auch blond, ganz anders als die bisherigen schwarzen Guggemot-Fritze. Aber der Fritz, der Dr. iur. Friedrich Guggemot, der nie Interesse am Betrieb gehabt hatte, war leider nicht dabei bei der Beerdigung.

*

Der Pfarrer hatte schön gepredigt, so schön, daß der Ortsgruppenleiter Hinkel das Gesicht verzog. Predigte: daß ein bedeutender Bürger der Stadt dahingegangen sei … mit Fleiß und Tüchtigkeit … großherzig und … sowie Wohltaten … der Kirche herzlich verbunden … Familienvater … Verlust für die Stadt … Andenken bewahren … als Patriot! – Holla, da horchte der Hinkel auf. So blöd war er nicht, daß er das nicht verstand. „Ein wahrer Patriot …" Nichts von Einvolkeinreicheinführer („ein Topf, ein Dreck, ein Rührer" hieß die geheime zweite Zeile), nichts vom großdeutschen Vaterland. – Das verstand der Hinkel ganz gut, daß da ein anderes Vaterland gemeint war, dessen Patriot der „Dahingegangene" gewesen war.

Aber noch stand HUTURM WÜNSCHT KEINE JUDEN am E-Werk, das Hinkel ja immer noch neben seiner verantwortungsvollen völkischen Aufgabe betrieb. Am Grab drängelte er sich vor und den Bürgermeister weg und hielt seinerseits eine Trauerrede – keine rhetorische Meisterleistung, was er halt bei den Parteischulungen an Völkischem daherstottern gelernt hatte. Schlußapotheose: „… mit festem Glauben an den Endsieg!"

Der Pfarrer zog sich nach der Beerdigung um. Er war zum Leichenschmaus eingeladen, selbstredend. Während er den schwarzen Trauer-Chorrock auszog, hörte er den *Wehrmachtsbericht.* „Die 8. Armee zieht sich unter erfolgreichen Abwehrkämpfen hinter den Dnjepr zurück … Foggia wurde unter erheblichen Verlusten für den Gegner planmäßig geräumt …" Was der *Wehrmachts-*

bericht nicht sagte, was aber der Pfarrer in der darauffolgenden Nacht auf dem Speicher mittels des dort versteckten Radioapparats auf *Radio Beromünster* hörte (gut zu empfangen in Huturm), war, daß den Alliierten damit nicht weniger als dreizehn Flugplätze in die Hände fielen, von denen aus bald die brummenden, dröhnenden Geschwader starteten, die man über Huturm hinweg nordwärts fliegen sah – und nach einiger Zeit zurückkommen. Was sie, die Geschwader, inzwischen dort oben gemacht hatten, konnte man sich denken. „Herr, gib ihnen die Ewige Ruhe", murmelte der Pfarrer in solchen Fällen, meinte aber auch die, die in den siebzehn abgeschossenen Flugzeugen waren. Siebzehn von ungefähr tausend. „Wenn *ein* Feindflugzeug das Reichsgebiet erreichen sollte", hatte Göring 1939 getönt, so witzig war er: „dann soll ich Meier heißen." Wieder ein Geheimwitz: „Auf Grund seiner Verdienste um die Luftverteidigung wurde der Reichsmarschall vom Meier zum Obermeier befördert."

*

Gemunkelt wurde, wie nicht anders zu erwarten. Einen Vaterschaftsprozeß gab es nie, soweit es den stud. iur. Guggemot betroffen hätte. Ob das eine oder andere uneheliche Kind vom stud. iur. stammte? Der Alte, der Kommerzialrat, der Reputation wegen so etwas „applaniert" hatte? Oder – schon eher möglich – daß er Kuckuckseier hinterlassen hatte? Soll öfters vorkommen, als man meint.

Er war umschwärmt, wenn er in den Ferien nach Haus kam, selbst als er noch im Internat war – ein urbaner junger Mann: blond, groß und ganz anders als die, nein, nicht Bauernlackl mehr in der *Stadt* Huturm, aber Kleinstadt-Lackl. Eine Mischung aus lässig-sportiver Männlichkeit und unerfahrenem lieben Buben: auf so was fahren viele Frauen ab. Besonders unerfüllte, sich langweilende Ehefrauen sind so etwas hilflos ausgeliefert. Wer weiß also, ob nicht die in so später Ehe geborenen Nachzügler … zum Beispiel die spätere erste Schönheitskönigin Huturms, die Doris des

Notars Beinbert, geboren vierzehn Jahre nach den anderen Kindern, auf die heftigen Augenaufschläge zurückzuführen war, die die Frau Notar, leicht verwelkt, aber immer noch reizvoll, dem stud. iur. zukommen ließ, anläßlich eines opulenten Pfingstmenüs im Restaurant des *Kurhotels Goldenes Kreuz*. Der Sohn des Hauses war in Ferien da, setzte sich – höflich: „Erlauben, Gnädigste?" – zum Dessert dann an den Notarstisch, bemerkte, daß die Frau Notar unterm Tisch die Schuhe auszog. Bekanntlich ein Zeichen. Mochte schon sein, daß sie nachher auch noch anderes, dies und das, „erlaubte", als der Notar dienstlich in die Hauptstadt fahren mußte.

Daß der stud. iur. und dann bald Dr. iur. Friedrich Guggemot den Betrieb nicht übernehmen würde, war klar. Es beunruhigte den Vater auch gar nicht, denn da war ja schon der Chefkoch Schwelzer am Horizont aufgegangen, und für die Barbara kam überhaupt nichts anderes in Frage als das Hotel. Die Thronfolge war gesichert.

*

Aber der Fritzl soff. Es ist kein anderer Ausdruck zutreffend. Zwangsläufig ging er einmal zum Arzt, da war er schon Bezirksrichter in Krems, mußte zum Arzt, weil er sich – nicht im Rausch, völlig nüchtern! – im Amt eine schmerzhafte Bänderzerrung zugezogen hatte. Eine Tür war, als der Bezirksrichter Guggemot mit gewohnt federndem Schritt in den Sitzungssaal eilte, aus der verrosteten Angel und dem Richter auf das Schienbein gefallen. Der Arzt untersuchte den Patienten auch allgemein, wenn er schon einmal da war. Fragte auch nach eventuellem Alkoholkonsum. Fritzl gab ganz offen die wahre Menge an. Der Arzt fiel zurück in seinen Sessel, schaute noch einmal in das Blatt mit den Laborwerten: „Sie müssen eine begnadete Leber haben", sagte er dann.

Und die (ahnungslose?) Justizverwaltung versetzte den Dr. Guggemot ausgerechnet an ein Bezirksgericht in der Wachau. Da war einmal ein kleines Bäuerlein angezeigt: wegen Schwarzbrennens. Es, das Bäuerlein, den Hut in den Händen drehend, stand vor Bezirksrichter Dr. Guggemot. Das Bäuerlein leugnete: „Nein, nie, Herr Rat, nie. Ich? Schwarzbrennen?"

Die Finanzer hatten leider nichts gefunden bei der Hausdurchsuchung, keinen Kolben, keine Gläser, keine Schläuche –

„Er hat es wahrscheinlich rechtzeitig zur Seite gebracht", fauchte der Finanzer, Zeuge vor Gericht.

„*Wahrscheinlich?*" fragte Guggemot unwillig.

„Ja, wahrscheinlich –"

„*Wahrscheinlich* ist vor Gericht gar nichts wert, Herr Zeuge, oder?"

„Aber die anderen Zeugen, Herr Rat?"

Die anderen Zeugen wußten, daß das Bäuerlein angeblich … daß man gehört habe, daß … er soll verkauft haben … nach allgemeiner Meinung der beste Schnaps … nein, selber allerdings habe man nicht … und so weiter.

Freispruch.

Danach kam das Bäuerlein nach vorn zum Richtertisch und flüsterte: „Zwei Liter hätt' ich noch, Herr Rat."

„Höllteufel", flüsterte Guggemot zurück, „was reden Sie. Sie wissen doch, wo ich wohne."

*

Friedrich Guggemot heiratete das erste Mal, da war er schon über dreißig Jahre alt. Sie hieß Elfriede und war die Tochter eines evangelischen Pfarrers aus Sachsen. Sie versuchte ihrem Mann das Trinken abzugewöhnen. Daraufhin wurde die Ehe nach einem Dreivierteljahr geschieden. Wenig später heiratete Fritzl eine bestechend schöne Tschechin, sie hieß Oda und soff ihrem Mann den Schnaps weg, worauf die Ehe nach wenig mehr als einem Jahr geschieden wurde. Die dritte Ehe schloß Fritzl schon im Krieg, schon in Uniform: Kriegstrauung. Die Braut hieß Hertha und war Hilfs-Trambahn-Schaffnerin in München. Die eigentlichen Trambahn-Schaffner wurden nach und nach zum Militär eingezogen, durch „kriegseinsatzverpflichtete" junge Frauen ersetzt. „Liebe kleine Schaffnerin / sag, wo fährt dein Wagen hin", klang ein launiges Lied daraufhin aus dem Radio beim „Wunschkonzert".

Hertha war aber eigentlich Schülerin einer Hauswirtschaftsfachschule und Tochter eines Bleistiftfabrikanten, dem es allerdings nicht gelungen war, seine Bleistiftfabrikation als kriegswichtig anerkennen zu lassen.

Fritzl war, als Oberleutnant, dienstlich in München, begegnete auf der Linie 2 auf der Fahrt vom Stachus zur Luftzeugmeisterei der hübschen Schaffnerin, fuhr mit bis zur Endstation, wieder zurück bis zur anderen Endstation, versäumte den Termin, den er bei der Luftzeugmeisterei wahrnehmen hätte sollen, brach dem Rüffel seitens des ihm vorgesetzten Obersten dadurch die Spitze, daß er ihn für den nächsten Urlaub ins elterliche Hotel einlud („Dort wird nicht nur überhaupt noch, sondern noch gut gekocht"), und heiratete die Schaffnerin. Der Oberst machte sogar den Trauzeugen.

Der Bezirksrichter, nach Angleichung der ehemals österreichischen Justiz an die reichsdeutsche: Amtsgerichtsrat Dr. Guggemot, hätte eigentlich gar nicht einrücken müssen. Da er zu den Alkoholikern gehörte, die nie betrunken sind, zu den disziplinierten Aufrecht-Trinkern, die erst dann vom Rausch befallen werden, wenn sie ins Bett gesunken sind, war seine *Conduiten-Liste*, auch was „das außerdienstliche Verhalten" betraf, tadellos. Fachlich sowieso. So wurde ihm bei Kriegsbeginn angeboten, statt Wehrdienst sich als Kriegsgerichtsrat an ein Divisionsgericht versetzen zu lassen. Ein Lorbeerblatt für ihn: Er lehnte ab, obwohl er es noch nicht wissen konnte, daß im Lauf des Krieges von deutschen Kriegsgerichten fünfzigtausend Todesurteile verhängt wurden, drei davon noch nach dem 8. Mai 1945. Großbritannien – zum Vergleich –: null.

*

Leutnant, später: Oberleutnant Guggemot kämpfte – so wenig wie möglich – in Polen, dann in Norwegen, wo er sich die Zehen erfror, bekam dafür das *Narvik-Schild* auf die Uniform geheftet, den sog. „Gefrierfleisch-Orden“, dann, was ihm, wie man sich denken kann, sehr entgegenkam, in Frankreich. Von den später geschätzten acht Millionen Flaschen Champagner, die das deutsche Heer schlürfte, gingen einige, *gut* einige auf conto OLt Guggemot. Dann zur Rommel-Armee in Afrika. Als Tunis im Mai 1943 nicht mehr zu halten war, wurde Guggemots *Einheit* als eine von ganz wenigen nach Sizilien gerettet. Besser gerettet waren die anderen *Einheiten* (130.000 deutsche und 120.000 italienische Soldaten), die in die alliierte Gefangenschaft gerieten. Am 17. August 1943 dann erfolgte das *Unternehmen Lehrgang*. Sie hatten ja immer so schöne, poetische Namen, diese deutschen Unternehmungen: *Maigewitter* (3. Panzer-Armee), *Zigeunerbaron* (47. Panzer-Korps), *Freischütz* (45. Armeekorps), alle am Kuban, oder *Gotenkopf*, *Büffelbewegung*, gar nicht zu reden vom *Unternehmen Barbarossa*, mit dem Hitler mit der linken Hand schnell „die Sowjetunion niederwerfen“ wollte, dann aber mit beiden Händen nicht fertig wurde, die Hornissen abzuwehren, deren Nest er da angestochen hatte.

Unternehmen Lehrgang: Das war die euphemistische Bezeichnung für die Flucht von 39.569 deutschen Soldaten aus Sizilien über die Messina-Straße aufs italienische Festland. Der neununddreißigtausendfünfhundertsiebzigste deutsche Soldat, nämlich der Oberleutnant Guggemot, hatte den Befehl verschlafen, weil er am Abend zuvor noch tapfer versucht hatte, den Cognac-Vorrat der deutschen Wehrmacht nicht in die Hände der Feinde fallen zu lassen. Guggemot – er war in voller Uniform ins Bett in der vom Stab seiner Einheit requirierten Frühstückspension *Savoia* gefallen – wachte davon auf, daß ein kgl. Captain vor seinem Bett stand, höflich salutierte und sagte: „You are now in british custody, Sir.“

Guggemot blinzelte schlaftrunken, stand auf und salutierte auch, ergriff die neben dem Bett stehende Cognacflasche (die restlose Zerstörung des kriegswichtigen Materials war nicht gelungen), trank einen Schluck und sagte: „Cheers!“, womit er die Flasche dem Captain reichte.

„Cheers!“ sagte der dann auch.
So ritterlich war manchmal der Krieg.
Aber nicht immer, nein.

*

Und so war es Friedrich Guggemot verwehrt, bei der Beerdigung seines Vaters anwesend zu sein.

30.

So was hieß *Truppenbetreuung.*

„Je beschissener die Lage ist, desto komischer singen'se", sagte Hauptmann Pfeiffer. Genau genommen war das eine Äußerung, die schon leicht in *Wehrkraft-Zersetzung* hinüberschillerte, aber der Standortkommandant, ein alter Major aus dem „Weltkrieg" (damals hieß der Erste Weltkrieg nur „Weltkrieg", ohne Erster; erst als der Zweite zu Ende war, rückte jener zum Ersten auf), der diesen Nobelposten weit von jeder Front entfernt (noch) bekommen hatte, konnte nicht gut etwas sagen: Hauptmann Pfeiffer war Ritterkreuz-Träger. Siebzehn Abschüsse. Zeitweilig waren bis zu zehn Ritterkreuz-Träger im *Kurhotel Goldenes Kreuz,* darunter sogar *mit Eichenlaub*, sogar *und Schwertern* (hundertvier Abschüsse) –

– so einem also konnte ein „Hinterlands-Tachinierer" (ein nicht öffentlich gebrauchter Ausdruck, er stammt noch vom alten Kommerzialrat) wie der Weltkriegs-Major nicht von wegen „defätistischer Äußerung" an den Karren fahren, mußte sich darauf beschränken, mißbilligend mit dem Kopf zu wackeln. (Dabei, dies nebenbei, fand man im Quartier des Majors nach dessen sehr hastiger – ja, hm: Abreise einen Radioapparat, eingestellt auf *Schweizerische Rundspruch-Gesellschaft.*)

Schon bald nach Kriegsbeginn war das Hotel beschlagnahmt worden:

Flieger-Erholungsheim. Für verwundete, rekonvaleszente Luftwaffen-Angehörige, meist Offiziere, oft sogar höhere Ränge. Der Kommerzialrat und auch der Schwiegersohn Schwelzer, der nun statt des eingezogenen Hoteldirektors den Betrieb leitete, hatten gar nichts dagegen.

Im Gegenteil.

Von der Lebensmittel-Zuteilung, die für das *Flieger-Erholungsheim* floß, konnten andere nur träumen. Selbst noch 1943. Selbst 1944. Und *so* genau konnte niemand kontrollieren. Der Ortsgruppenleiter? Das war ja der Hinkel, der Angestellte des Hotels, und wenn er keine Uniform trug, konnte Schwelzer ohne weiteres zu ihm sagen: „Kusch." So profitierte auch die Familie von den Brosamen (na ja), die vom Tisch der Sonderzuteilungen in die eigenen Töpfe fielen.

Die Truppenbetreuung. Gemischtes Variété-Programm. Im großen Saal, dem Festsaal, in dem vor dem Krieg Hochzeiten und sonstige Feierlichkeiten stattfanden und sogar eine Bühne war, wurden Stuhlreihen aufgestellt. Die Truppenbetreuungs-Truppe kam schon am Tag zuvor, probte, baute auf. Die Vorstellung: voller Saal. Ganz hinten durften sogar ein paar Einheimische sitzen. In Partei-Uniform vorn allerdings der Hinkel, daneben der Major-Hinterlands-Tachinierer.

Der Vorhang ging auf: Was eben bei so einem gemischten Variété-Programm vorfällt. Ein Schnellzeichner, ein Jongleur, ein Schnellsänger, der sich selber auf der Ziehharmonika begleitete, ein launiger Vortragskünstler (der dreizehnjährige Schwelzer Fritzi, Sohn des Hauses, der, obwohl die Vorstellung „ab 16 Jahren" deklariert war, von der Galerie aus zuschaute, sagte später, es sei ihm nur ein einziger Witz im Gedächtnis geblieben: „Ich kenne einen, der meint, daß der Hornist auf der Hornisse bläst"), ein Zauberer und so fort. „– daß der heutige Abend dazu beiträgt, für ein paar Stunden die schwere Zeit zu vergessen", sagte der Major am Anfang. Dem Hinkel, dem Ortsgruppenleiter, entfuhren aber einige Sprüche von wegen dadurch gestärktem Wehrwillen.

Der Höhepunkt des Abends freilich war das Ballett. Zwei Tänzerinnen mit Schleier. „Ich weiß nicht", sagte Schwelzer dazu, „daß die Butter schlechter wird, daß das Bier nur noch wässrig ist, daß die Seife nichts mehr taugt, das weiß man. Es ist eben Krieg. Warum aber auch die Tänzerinnen …?"

*

So ungefähr alle zwei Monate kam so eine Truppenbetreuungs-Truppe. Manchmal allerdings nur ein Streichquartett: Haydn, Beethoven, Schubert. Da war der Zudrang geringer. Die Herren Offiziere versäumten darüber die Kegelpartien im Keller der Dependance nicht gern. Oder der Dichter. Der kam allein und hieß Wolfgang Johannes Oschatz. Parteiabzeichen auf dem Jackenaufschlag. Er war eher klein und hatte eine wallende Dichterfrisur, die allerdings stark an mangelnder Dichte litt. Er redete beim Deklamieren durch die Nase, dies aber sehr laut. Oft spreizte er beschwörend die eine Hand überm Kopf – in der andern hielt er das Buch. (Vierzig Exemplare davon hatte er in seinem zweiten Koffer. Er verkaufte aber nur eins: an den Hotelier. „Er tut mir leid", sagte der.) Völkisch allerdings war das, was er las, einwandfrei.

„Und frißt für drei", sagte Schwelzer.

Kurz bevor der Dichter wieder abreiste, kam er zu Schwelzer, tat geheimnisvoll. „Hier bei Ihnen, das ist ja quasi der Luftschutzkeller des Reiches, halte ich das für sicher." Er gab Schwelzer ein verschnürtes und sogar versiegeltes größeres Paket. „Es ist ... wie soll ich sagen ... es ist ein Manuskript. Ich vertraue es Ihnen an. Haben Sie ein Safe? Ja, gut. Es ist ... ich bin zwar absolut völkisch eingestellt, Sie haben mir ja zugehört. Aber ... nun ... man weiß ja nie. Vorerst sollte das niemand zu lesen kriegen."

Die letzte Truppenbetreuungs-Truppe kam sogar noch im April 1945. Die zu verbreitende Fröhlichkeit war schon sehr zäh. „Im Prater blühn wieder die Bäume", sang eine Sopranistin, vom Klavier begleitet. „Und dort sind jetzt die Russen", sagte Schwelzer leise.

31.

Ja, da schau her! Was steht auf dem Hinkel, dem Ortsgruppenleiter seinem – nun ja, *seinem* im gewissen Sinn – Elektrizitäts-Werk? Sauber übermalt:

HUTURM GRÜSST DIE BEFREIER

Und gestern noch hatte er einen Disput mit seinem Chef, dem Herrn Schwelzer, hat sich aufgemandelt: „Was? Sie wollen Ihren Sohn nicht zum Wehrwolf gehen lassen? Wo der Führer –", seine Stimme überschlug sich wie die seines „Führers", „– gesagt hat: jädärr Mann, därr ein Gewerr haltän kann!"

„Lecken Sie mich am Arsch", hatte Schwelzer gesagt, „und schauen Sie, daß Sie wieder an Ihre Arbeit kommen."

„*Das* wird Konse… Konse… wird Folgen –"

„Verschwinden Sie."

Es hatte Folgen. Der Kreisleiter kam zum Ortsgruppenleiter, aus Bruck mit dem Motorrad mit Beiwagen. Das letzte vollgetankte Motorrad weitum. Im Beiwagen saß einer in Zivil, das ihm sichtlich ungewohnt war, drückte verschreckt seinen Filzhut tief ins Gesicht.

„Hast du noch Proviant?" zischte der Kreisleiter.

„Nicht viel", stotterte Hinkel, „eine Salami."

„Gib her, wir müssen heute noch hinüber. Er –", er deutete auf den, wenn man so sagen kann, Fahrgast, „muß dann weiter. Nach Rom, zum Bischof Hudal."

„Ich denk' nicht dran. Meine letzte Salami."

„Das ist ein Befehl!" herrschte ihn der Kreisleiter an.

Hinkel holte die Wurst und teilte sie, gab eine Hälfte dem Kreisleiter.

„Wo sind denn die Amerikaner?"

„Morgen sind sie *da*."

Gas. Aufheulen, Motorrad mit Beiwagen mit Salami staubaufwirbelnd die Straße zur Paßhöhe.

Ja, *in Treue fest* – das letzte Stück Brot mit dem Parteigenossen geteilt. Salami in dem Fall.

*

Und dann hat der Hinkel die Hakenkreuz-Binde verbrannt, und *Mein Kampf* und das Führerbild, das er noch wenige Tage vorher ins Fenster gestellt gehabt hatte: am ominösen 20. April, und das *Mutterkreuz in Silber* (ab sechs Kindern, ab acht Kindern in Gold, Hinkels hatten nur sechs) in den Mühlbach geworfen – da hatte die Hinkelin nur geschluchzt. Gezetert hat sie allerdings, als ihr Mann auch die Parteiuniform verbrennen wollte. „So ein guter Stoff, bist d' narrisch, das färben wir um."

Es wurde viel umgefärbt. Es wurden viele Hakenkreuz-Binden entsorgt. Es schwammen viele Hitlerbilder die Flüsse hinunter. Es sanken viele *Mein Kampf* in die Jauchengruben. Und Hinkel suchte den Kübel mit weißer Farbe und ging in der Nacht hinaus –

*

„Betty", befahl die Chefin (Frau Barbara Schwelzer geb. Guggemot, Tochter des verewigten Kommerzialrats), „Betty, suchen Sie alle Hakenkreuzfahnen zusammen, trennen Sie das Zeug da in der Mitte heraus, schneiden Sie sie halb und halb und nähen ein Betttuch dazwischen. Rot-weiß-rot. Aber nehmen Sie keins von den guten Bettüchern."

„Dirrigl", befahl der Bürgermeister und nestelte das Parteiabzeichen vom Revers, „suchen Sie alle Hakenkreuzfahnen zusammen, trennen Sie das Zeug da in der Mitte heraus …" Er schaute das Parteiabzeichen nochmals an, warf es dann in den Papierkorb.

„Besser wär' …", sagte Hinkel, der Ortsgruppenleiter (oder schon Ex-Ortsgruppenleiter), in bravem Zivil.

„Hast recht“, sagte der Bürgermeister, kramte das Parteiabzeichen wieder heraus, ging zum Kanonenofen, der glühte – der Mai in diesem Jahr war kalt –, warf das Abzeichen in die Glut.

„Und was“, fragte Dirrigl, der Gemeindediener, ein großes rotes Stoffbündel über und einige Bilder unter dem Arm, „soll i' mit de' Hitlerbilder machen?“

Der Bürgermeister deutete mit dem Kopf auf den Kanonenofen. „Aber nicht die Rahmen und das Glas. Das kann man noch brauchen.“

*

Die Ortsgruppe der NSDAP von Huturm hatte einen Filmvorführungs-Apparat. Gehörte zur Ausstattung: für Schulung und Propagandazwecke. Hinkel hatte sogar eine Ausbildung gemacht, und überhaupt, weil er ja mit Elektrizität zu tun hatte.

Er legte die Rolle ein, verdunkelte die Fenster, ließ den Film laufen. Man hatte damals keine Kosten gescheut, ein professionelles Team kommen lassen.

Der Vorspann: *Der Führer kommt.*

„Hm“, sagte der Bürgermeister.

Der Aufmarsch: die Feuerwehr, die Schützen, der Männergesangsverein. Die Musikkapelle: schneidiger Marsch. (Sogar mit Ton! Ohne Ton wär' ja nichts gewesen mit Propaganda.) Viele Menschen, alle strömen hinauf zum Bahnhof. Kinder, BDM-Mädchen, Blumensträuße, Jubel – viele Menschen, sehr viele Menschen …

„Alle“, sagte der Bürgermeister, „praktisch alle.“

„Ja“, sagte Hinkel, ließ weiterlaufen.

Noch größerer Jubel. Schwenk auf die Gleise, Lokomotive faucht daher, noch größerer Jubel. Schwenken der Blumensträuße. *Badenweiler-Marsch* (der Lieblingsmarsch des „Führers“), Schwenk der Kamera: ER, im Fenster des Salonwaggons, explodierender Jubel.

ER mit Schildmütze tief über die Augen.

Der Bart. Der berühme Bart.

Der „Führer“ grüßt.

Nicht enden wollender Jubel. Zischende Räder – eine Sekunde – der Zug pfeilschnell vorbei – der „Führer“ hatte *sein* Huturm gegrüßt.

Dirrigl stand hinter dem Bürgermeister und dem Hinkel.

„Als wie ein Kellner, der a' Tablett tragt“, sagte Dirrigl, „nur ohne Tablett.“

„Daß der den Arm so lang hinaufhalten konnte?“

„Der hat ein extra Steckerl im Rock eingebaut. Sagt man.“

Der Film war zu Ende.

„Ob man den da, eben *den* herausschneiden könnte?“ sagte der Bürgermeister, „und auf den Vorspann: *Wir grüßen die Befreier* –?“

„Zuviel Hakenkreuze, die kann man nicht alle herausschneiden.“

„Ja, dann“, sagte der Bürgermeister, gab die Rolle dem Dirrigl und deutete wieder auf den Kanonenofen. Es stank dann bestialisch.

Dirrigl machte das Fenster auf.

„Die Tür auch“, sagte der Bürgermeister, „daß ein Durchzug wird.“

Dirrigl machte die Tür auf –

—

da stand …

—

„Du?“ hauchte der Bürgermeister.

„Ja, *ich*“, sagte der Mann, eine ausgehungerte Gestalt, ausgemergelt, die Knochen, meinte man, hörte man klappern, als er langsam hereinkam. Ein löchriger, abgerissener Anzug.

„Jetzt geht's andersherum“, sagte der Mann.

„Der Sozialist …“ hauche Hinkel.

Der Mann schaute sich um. „Nicht viel anders geworden seitdem. Seit ich hier die Ehre hatte.“ Er lachte. „Die Ehre hatte, hier vom Herrn neuen Bürgermeister eröffnet zu bekommen – erinnerst dich noch? He?! – hier hinter dem Schreibtisch bist d' g'sessen, hast nicht mehr *du* zu mir g'sagt, sondern mir eröffnet, daß mein Mandat ab sofort erloschen ist …"

„Das war nicht so gemeint … geh, Jörgl … ich hab' doch müssen –"

„Freilich", brüllte plötzlich der Mann, „freilich war es so gemeint. Genau so war es gemeint. Und genau so war es gemeint, wie du mich verhaften hast lassen wegen Volksverhetzung. Genau so war es gemeint. Gemeint! Gemeint! Gemeint!"

Auf einmal hatte er eine Pistole in der Hand. Ein seltsamer Gegensatz: der abgerissene, schmutzige Mann und die saubere, blitzblanke Pistole in seiner Hand.

„Jörgl, nein, Jörgl …" keuchte der Bürgermeister. Hinkel kroch hinter den Schreibtisch.

Aber der Jörgl – Georg Samerberger hieß er, war Arbeiter in der Käserei gewesen, bei der Gewerkschaft – zielte nur auf das Hitlerbild. Schoß. Die Scherben flogen umher. („Jessas", dachte Dirrigl, „dieses Bild hätte ich ganz übersehen.")

„Zieh den Anzug aus", befahl er dann, „wir haben ungefähr die gleiche Größe."

„Du kannst doch nicht –", zitterte der Bürgermeister.

„Wird's bald?!"

Der Bürgermeister zog den Anzug aus, stand schlotternd in der Unterhose da. Blitzschnell hatte auch der Samerberger seine Klamotten heruntergerissen, warf sie dem Bürgermeister hin und zog dessen Anzug an, langsam, knöpfte genüßlich das Hosentürl zu.

In dem Moment kam der Major, der Standortkommandant.

Samerberger, die Pistole in der Hand, drehte sich um.

„Machen Se' keen Scheiß, Mensch", sagte der Major, ein Reichsdeutscher vulgo Piefke. „Es muß irgendwie Ordnung sein. Habe erfahren, wer Se sind. Se sind vorläufich Bürgermeister. Und die zwee Figuren da vaschwindn …"

„In der Unterhose?" jammerte der Bürgermeister.

„Du kannst ja meins anziehn", lachte Samerberger.

„Hinkel! Sag was!“ sagte der Bürgermeister.

„Ich fürcht', ich hab nix mehr zum sagen“, sagte Hinkel. Zweifellos sprach er – ein seltener Fall in seinem politischen Leben – die Wahrheit. Und war weg.

Der Bürgermeister – nein: nunmehr Ex-Bürgermeister – zog nicht die verlausten Lumpen an, die ihm Samerberger hingeworfen hatte, er riß dem immer noch mit offenem Mund und dem Hakenkreuzfahnen-Bündel dastehenden Dirrigl eine Fahne aus der Hand, wickelte sich in diese und rannte über den ganzen Markt und die Adolf-Hitler-Stra…? … hinunter nach Hause.

„Schade, schade“, sagte Dr. Niederle später, daß das niemand photographiert hat.

*

Was es für merkwürdige Dinge gibt. Eine Welt bricht zusammen, ein Chaos, ein Inferno – aber das Telephon funktioniert noch. Hier! – da in Huturm – überall bricht alles auseinander, fällt über den Haufen, aber irgendwie hier, ausgerechnet hier –

Samerberger hatte sich, mehr symbolisch, hinter den Bürgermeister-Schreibtisch gesetzt.

„Vor allem, Herr Bürgermeister, dürfen wir keine Dummheit'n nich machen. Darf ich mal?“ Der Major deutete auf das Telephon.

„Geht das no?“

„Prowiern mas.“ Er drehte an der Kurbel. Tatsächlich. Freizeichen. Es wird abgehoben.

Das *Fräulein vom Amt*: „Heil Hi… äh – Gutmorgen.“

„Geben Se mir das Bezirksamt, wenn's jeht.“ Klick. Klingeling.

„Wer is' dran? – So, das Bezirksamt, gut, gut. – Sind die Amis schon bei euch? – Ja? Gut. Dann geb'n Se' mir ihn mal.“ Der Major konnte ganz gut Englisch. Vereinbarte, daß die Stadt Huturm kampflos übergeben wird. Er selber werde mit einer weißen Fahne am Ortseingang stehen. Und hängte ein.

„Kampflos“, er lachte, „wer hätte schon groß kämpfen soll'n.“

32.

„Wann i's genau g'sech'n hab", sagte die alte Frau Strohschneider, die Witwe des Kohlenhändlers, die sich seit dem Tod ihres Mannes (das Geschäft übernahm der Sohn) beim Häuslmaier eingemietet hatte, drüben am Schloß: zwei Zimmer, eigentlich ein Zimmer und eine Kammer. Von der Kammer aus, vom einzigen Fenster aus, sieht man genau aufs Schloß.

Seit der Otto Kulterer seinen Kulterer-Hut aufgesetzt hatte und eher fluchtartig verschwunden war, wohnte niemand mehr im Schloß. Es war herrenlos. So betrachteten es die Huturmer. Nicht alle, aber schon der eine oder andere. Dorthin verschwanden dann die Möbel. Die Bilder. Das Geschirr – soweit nicht eh der Kulterer alles mitgenommen hatte. *So* überstürzt war die Flucht auch wieder nicht gewesen. Zwei Lastwägen hatte der Kulterer „organisiert", wie man damals sagte. Zwar nur *Holzgaser*, aber immerhin.

Wohin der Kulterer verschwunden war? Man redete dies und das. „Nach Südtirol", sagten die einen. „Nach Rom", die anderen. Aber man weinte dem Erfinder der Berge so wenig nach, daß man sich nicht dafür interessierte, wohin er sich geflüchtet hatte.

„Ganz, ganz weiß", sagte die Strohschneiderin, „noch naß. Logisch."

Die Amerikaner, die *42nd* oder *Rainbow Division*, war in Huturm eingerückt. Die *Villa Seeblick* hatten sie für den Stab requiriert. Die Familie Schwelzer zog ins Hotel, Platz war dort ja genug, auch wenn das übrige Haus auch von den „Amis" beschlagnahmt wurde. Sie waren im übrigen handsam. Sogar freundlich. Ein paar Neger waren dabei, bleckten ihre weißen Zähne, wenn sie den Kindern Kaugummi schenkten, der einen oder anderen jungen Huturmerin Nylon-Strümpfe. Und mancher ein Angebinde, das so im Februar, März 1946 auf die Welt kam. Und der Fritzl, der junge Schwelzer, lief sehr bald mit so einem grünen Kappl US-Army-Format herum, das ihm ein Sergeant geschenkt hatte.

Die letzten rekonvaleszenten Flieger waren schon in den letzten Apriltagen sozusagen ausgeflogen. Wohin? Auch das interessierte niemanden. Manche davon zu Fuß. Werden nicht weit gekommen sein.

Also: nicht alle. Alle bis auf zwei.

Und bis auf den Major. Der war, wie er angekündigt hatte, mit einer provisorischen weißen Fahne den Amerikanern entgegengegangen. Auch wieder ein ritterliches Intermezzo: Zigarette angeboten. „Oh?! *Lucky Strike*." Ist dann in den Jeep gestiegen.

*

Überhaupt der Jeep. So ein lustiges Auto, nicht so wie diese düsteren deutschen Brummer. „The coolest thing on wheels", sagten sie. Die Jugend durfte manchmal mitfahren, die Haare flatterten. Der Fuß des Fahrers draußen auf dem Trittblech. – „Wir sind keine Krauts", sagte der Dirrigl, der Gemeindediener zum Colonel (der konnte ganz gut deutsch), „wir sind Österreicher."

„Aha."

Aber so gut Deutsch, daß er verstanden hätte, wer was war, und wer was wann gewesen war, konnte er nicht. Den Samerberger vertrieb er, obwohl der laut schrie, daß er ein Sozialist und Widerstandskämpfer sei. Der hatte sich aber gleich unbeliebt gemacht. Noch an seinem ersten Bürgermeister-Tag, die Amerikaner waren noch gar nicht da, hatte er vom Hinkel die Liste der NSDAP-Mitglieder verlangt.

„NSDAP-Mitglieder?" hatte Hinkel gesagt, „ist mir nichts bekannt."

„Aber du warst doch Ortsgruppenleiter."

„Ja – ja – Ortsgruppenleiter, Ortsgruppenleiter. Ja. Ich hatte den Partei-Eintritt beantragt. Sie haben ihn mir nicht bewilligt, weil ich den Arischen Nachweis nicht erbracht habe. Nicht erbringen konnte. Verstehst? Weil mein Vater ein uneheliches Kind war und dem sein Vater unbekannt. Verstehst? Könnte ja ein Jude gewesen sein, hat der Kreisleiter gesagt. Ja schon quasi Ortsgruppenleiter. Als *Partei-Anwärter*. Und quasi Hilfs-Ortsgruppenleiter, bis ein wirklicher ernannt wird."

(In der Esse zerfielen derweil gewisse Papiere zu Asche.)

So ging der Samerberger herum und fragte diesen und jenen: Wer war Parteigenosse? „Niemand."

Im Rathaus war niemand außer dem Dirrigl, als der Colonel kam. Der Samerberger, wie eben gesagt, unterwegs.

Der Colonel sah das zerschossene Hitlerbild.

„Das hat der Samerberger zerschossen", sagte Dirrigl.

„Wer ist Samerberger?"

„Einer, also *so einer*. Er hat gesagt, er ist jetzt Bürgermeister."

„*So einer*? Woher?"

„Er war im Gefängnis."

„Ah, wissen Sie was, Sie sind mir sympathisch. Sie sind hier und kennen sich aus. Sie sind Bürgermeister."

„Bitte nein, danke, nicht. Nehmen S' den Knäblein, der kann's."

„Knäblein?"

„War früher Bürgermeister." (*Vor ein paar Tagen* ist auch „früher", je nachdem, wie man's nimmt.)

„Nazi?"

„NEIN. In Huturm hat es keine Nazi nicht gegeben." (Die doppelte Verneinung hat dem Dirrigl der gerechte Weltgeist eingegeben. Der Colonel hat es aber nicht verstanden. So gut Deutsch konnte er doch nicht.)

„Holen Sie den – wie heißt er?"

„Knäblein."

„Holen Sie den Knäblein. Er ist ab sofort Bürgermeister."

*

Vor der Drogerie stand die Witwe Strohschneider. Die Regale drin waren noch spärlicher gefüllt als zuletzt im Krieg. Seife hatte die Strohschneiderin kaufen wollen, es gab aber keine. Fräulein Doll war mit dem Dackel unterwegs zu einer Englisch-Stunde, blieb kurz stehen. Sie interessierte sich für alles Unerklärbare, um es einmal so zu sagen.

„Eine weiße Gestalt?"

„Wenn ich es Ihnen sage, Fräul'n Doll."

„Im Fenster vom Schloß?"

„Genau. Ich kann Ihnen das Fenster zeigen. Zum Beweis", senkte die Stimme, „*er* war's. Der tote Pater aus dem See."

*

Fräulein Doll, Mary mit Vornamen (der Vater hatte für alles Englische geschwärmt), legte hohen Wert auf die Anrede „Fräulein". Es war ein Glück für sie, daß ihr Vater nicht das Wolkenschloß seiner Träume, nämlich ein rosenüberwuchertes Landhaus in Kent, gekauft hatte („– es wäre jetzt, durch den Krieg, auch tschari gewesen –", sagte sie), sondern das Häuschen an der Bahn oben. Die Eltern waren in Wien begraben: unter den Trümmern ihres Hauses, das eine sowiesoviel Tonnen schwere Sprengbombe getroffen hatte. „Ob die Engländer damit den Krieg schneller gewonnen haben?" fragte sie manchmal. „Und ausgerechnet, wo der Papà so fürs Englische ästimiert war."

Mary Doll überlebte. Sie war nicht im Haus gewesen, hatte in der fraglichen Nacht bei einer Freundin übernachtet, zufällig. Ein Glück, daß das Häuschen in Huturm da war. Ein Glück auch, daß der Vater sie die englische Sprache studieren hatte lassen. Die Druckerei, ein gutgehender Betrieb, war hin. Was noch da war, schleppten die Russen weg. Mary wäre verhungert, wenn sie sich nicht mit Englisch-Stunden durchschlagen hätte können, waren jetzt sehr gefragt. Auch dolmetschte sie, wenn nötig, bei Verhandlungen mit der „Besatzungsmacht". Das alte Fräulein Doll. Alt? Niemand wußte, wie alt sie war. Alterslos – nein, nicht häßlich, „häßlich" kommt von Haß, und sie war sanft und lieb, *unschön*, ja, unschön mit ihrer großen Nase, klein und absolut busenlos, alterslos:

„Ist sie vierzig?"

„Nein, die ist mindestens sechzig."

„Ach was, die ist jünger, als man meint. Rechne nach: Die Eltern waren da im Jahr siebenunddreißig …"

„Ja, schon möglich."

„Der Uhrmacher Kaserer hätt' sie geheiratet, hat er mir einmal hinter vorgehaltener Hand gesagt, wo sie doch miteinander und mit dem Frühmesner Tischerl-Rucken und so fort, und das Häusl wär' ihm auch recht g'wesen, dem Kaserer. Aber nein – sie war ihm dann doch *zu* – also *zu* – du verstehst."

Nie hatte jemand in Huturm das Fräulein Doll („*die* Fräulein Doll" hieß es im Sprachgebrauch, klar, war ja ein weibliches Wesen, wenngleich, wie gesagt –), nie hatte jemand die Fräulein Doll essen gesehen. Trinken ja: Kaffee. Und aber rauchen. Unerhört damals für eine Frau.

Die deutsche Frau raucht nicht! hatte es geheißen. Und der „Führer" rauchte nicht. Vielleicht rauchte grad deswegen die Fräulein Doll, sogar – noch unerhörter – in der Öffentlichkeit. Denn diesen „Führer" mochte sie gar nicht. Sie weigerte sich, den Namen dieses „Führers" zu nennen, nicht einmal in Gedanken. „Ich *kann* mir den Namen nicht merken", sagte sie, „wie heißt er? Hündling? Hiffler? Knittler?"

In ihrem verrauchten Wohnzimmer hatte sie ein Bild des Kanzlers Schuschnigg hängen. An und für sich kam da niemand hinein außer der Schildkröte, die Fräulein Doll neben ihrem Dackel hielt. Englisch-Stunden gab sie in den Häusern der Schüler. Aber einmal erwischte der Hinkel einen Blick, als er an der Tür mit der Büchse für das WHW schepperte. (WHW hieß Winterhilfswerk. Abkürzung. Alles kürzten die Nazis ab, von ihrer Partei: NSDAP bis zu dem, was diejenigen waren, die ganz schnell aus der Kirche ausgetreten waren, bei denen stand *gg* im Ausweis, „gottgläubig".)

„Wer ist denn das?" hatte der Hinkel mit der Hakenkreuzbinde mißtrauisch gefragt.

„Der Beethoven", sagte Fräulein Doll schnell.

„So“, sagte Hinkel trocken. Er wußte nicht genau, wie Beethoven ausschaute. –

*

Und Fräulein Doll gehörte mit Sicherheit zu den (offiziell) 0,07 Prozent Wienern, die nicht für den „Anschluß“ stimmten. Zum *Heldenplatz* allerdings war sie gegangen, aus Neugier. Dichtgedrängt. Wie immer ließ der, dessen Namen sie sich nicht merken konnte, auf sich warten.

„Unübersehbare begeisterte Menge“, verkündete später in der Wochenschau der Sprecher mit sich überschlagender Stimme.

Man sagt, das sei ein Trick jenes „Führers“ gewesen, immer auf sich warten zu lassen: steigert die Spannung … wirklich? Nein. Er war faul, süßgefräßig und unpünktlich. Er „ging nach“ wie eine schlechte Uhr. Mußte immer noch drei Stück Linzer Torte essen. Oder Sacher. Daher auch die schlechte Verdauung. Saß stundenlang am Klo. Schon dadurch kam er immer zu spät.

Auch auf den Balkon der Hofburg – endlich. „Ungeheurer, nie gekannter Jubel brandete hinauf zum Führer, der nun die Hand zum Deutschen Gruß hob –“ (Wie der Kellner das Tablett, nur ohne Tablett.)

„Und Sie vielleicht nöt, Sie?“ fauchte Fräulein Dolls Nachbar.

Es war zu gefährlich. Also hob Fräulein Doll halbherzig die Hand und rief: „Drei Liter!“ Das war übrigens auch ungefähr die Menge Kaffee, die sie täglich trank.

(„Höd’nplatz? Höd’nplatz? I waaß net, wos Se woll’n. In Wien gibt’s kaan Höd’nplatz net. Mir jedenfois unbekannt.“ So der Wiener ab dem 8. Mai 1945.)

Der Kaffee war selbstverständlich ein Problem für Fräulein Doll, das heißt, dessen Beschaffung in jenen schweren Zeiten. Sowie Zigaretten. Einen Großteil ihres bescheidenen, mühsam erzielten Einkommens ging dafür drauf: beim Schwarzhandel, der sich sehr rasch nach dem Abzug der freundlichen, chewing-gum verteilenden *42nd* oder *Rainbow Division* im *Kurhotel Goldenes Kreuz* etabliert hatte.

33.

Spätabends. Der Herbst war gekommen, der schöne Herbst hier am See. Um acht Uhr hatte die Fräul'n Doll die letzte Stunde gegeben (beim Brill, dem Gemüsehändler, dem Sohn vom Brill, Adolf, nun ja, 1939 geboren), dann hatte sie den Weg ins Uhrmacherhaus eingeschlagen, zum Kaserer. Der Frühmesner war schon da, der Herr Kooperator Kojetinski (auch Religionslehrer, von den Schülern „Mopsl" genannt, man kann sich denken, warum) wartete schon. O selige Zeiten, wo selbst in einer kleinen Stadt wie Huturm neben dem Pfarrer ein Frühmesner wirkte, dazu noch ein Kaplan sogar. Und außerdem die vier Kapuziner-Patres im Kloster am alten Friedhof. Und heute? Ach ja, ach ja. Aber wer weiß, wofür's gut ist.

Jedenfalls warteten der Kooperator Kojetinski vulgo Mopsl und der Uhrmachermeister Kaserer schon ungeduldig auf Fräulein Doll. Redeten über dies und das.

„Sie war eingemauert, zu blöd", sagte der Kaserer.

„Und was hat man dann gemacht?" fragte der Kooperator.

„Ja, es waren zum Glück nicht zu feste Buchstaben. Ich konnte sie auswechseln, also, Sie verstehen: umdrehen, *umwechseln*, hat der Hinkel gesagt. Ist gegangen. Jetzt steht: *Gegen den Anschluß stimmten: 6.743* und darunter: *Für den Anschluß stimmten: 11*. Ich brauchte nur das *Für* von oben gegen das *Gegen* von unten austauschen."

Der Kooperator lachte. „Der Herr Pfarrer hat gesagt: von den elf, die dagegen gestimmt haben damals, hat er nach dem Krieg gute fünfhundert kennengelernt."

Es läutete. Fräulein Doll. Der Dackel verkroch sich unterm Tisch, Fräulein Doll zündete sich eine Zigarette an.

Ein runder Tisch: ohne Nägel, kein Metall. Eine vom Kaserer angefertigte Pappendeckel-Scheibe, Dreiviertelmeter im Durchmesser, außen aufgemalt das Alphabet, ganz innen: *ja* und *nein*. Ein umgestülptes Weinglas.

„An und für sich mag ich solchen Humbug nicht", hatte Pfarrer Schmied gesagt, „Gespenster, nebbich, *Geist im Glas*, nebbich. Was es nicht gibt, kann aber auch nicht schaden."

Die drei legten je zwei Finger jeder Hand gespreizt auf den unteren Rand des Glases, sodaß sich die Fingerspitzen berührten – im Kreis herum.

Dann wurde der *Glaslgeist* feierlich begrüßt. (Zur Vorsicht flüsterte der Kooperator noch ein „Gelobt sei Jesus Christus" hinterher.) Wenn man Glück hatte, bewegte der Glaslgeist das Glas, fuhr buchstabierend hin und wider, „sagte" *ja* oder *nein* in der Mitte. Meist unverständlich.

„Verschlüsselt", sagte Kaserer.

Aber manchmal „sagte" er etwas deutlich. Zum Beispiel: *„Zurück."*

„Was zurück?" flüsterte Fräulein Doll.

„Kommt."

„Es kommt wer zurück?"

Das Glas lief auf *„ja"*.

„Wer kommt zurück?"

Das Glas: „O – T – T – O"

„Der Otto? Der Otto Kulterer?"

Glasl auf *„nein"*.

„Wer dann?"

Das Glasl: „K – A – S – E – R"

„Kaser?" Kaserer erbleichte.

Das Glasl verbesserte: „K – A – I – S – E – R"

„Der Kaiser kommt zurück!" rief der Kooperator, „der Erzherzog Otto! Wir kriegen wieder einen Kaiser!"

„Weiß nicht, ob wir das noch brauchen", sagte Fräulein Doll.

Aber – wie man weiß inzwischen: Der Glaslgeist hatte sich geirrt.

*

Diese Séance lag schon länger zurück. Heute stand Fräulein Doll noch ganz unter dem Eindruck dessen, was ihr vorher die Witwe Strohschneider vor der (fast leeren) Drogerie von dem toten Pater erzählt hatte.

„Wer, lieber Glaslgeist", hauchte sie deshalb, „geht im Schloß um?"

„A – P – O", sagte der Geist.

„Der alte Apotheker?"

„K – A – L – Y"

„Apokalyptisch meint er", sagte der Kooperator.

„Tun S' doch die Finger richtig hin, Koprat'r", schimpfte Kaserer, „sonst hört er uns nicht."

„Aber wer ist es? Wer? Glaslgeist!"

„D – E – R – K – U – R – T"

„Der Kurt? welcher Kurt?"

„Der Bub vom Ennemoser heißt Kurt."

„Aber der lebt ja noch."

„Glaslgeist, welcher Kurt?"

Aber der Glaslgeist antwortete nicht mehr.

„Wahrscheinlich, weil Sie die Finger nicht richtig hingetan haben", sagte der Kaserer ärgerlich zum Kooperator.

„Immer ich."

Danach setzte sich Fräulein Doll ans Klavier und ihren Zwikker auf und spielte ein paar gefällige Stücke – so in Richtung *Waldesrauschen* von Sinding, und danach sang der Kooperator. Er hatte eine sehr hübsche Tenorstimme.

Saa – lo – mee,
schönste Blume des Morgenlands …

Es war Kaserers Lieblingslied. Ach, wie lang war das her, da hatte er in Berlin … wie hat das … nun ja, Etablissement geheißen? *Trocadero* oder so ähnlich. Da hatte sich tatsächlich eine Salome zur Lust im Tanz gedreht. Daran erinnerte sich der Kaserer gern. Aber auch, daß das Glas Sekt zwei Mark gekostet hatte, viel Geld damals.

Fräulein Doll klimperte die Begleitung, der Kooperator sang –

Saa – lo – mee …

Kaserer schloß die Augen, klopfte leise den Takt mit dem Finger auf den Tisch. Erinnerung. – Tempi passati. Dann aber noch des Kooperators Leiblied:

– denn unser Vater is a Hausherr
und a Seidenfabrikant …

– eher angebracht für einen Geistlichen als die Saa – lo – mee.

*

Nein, Angst hatte sie nicht, die kleine scharfnasige Mary Doll. „Wer selber wie'ra Hex' ausschaut, fürcht' se net." Außerdem hatte sie ja ihren Dackel dabei, der ihr für eine lebendige Seele zählte.

Es schlug Mitternacht, als sie aufbrach. Der Kooperator begleitete sie noch ein kleines Stück. („Zölibatär ungefährlich – wie die ausschaut.") Dann machte sie noch einen Umweg, ging am öden Schloß vorbei. Nein, Angst hatte sie nicht. Im Gegenteil. Eigentlich hätte sie gern ein Gespenst gesehen.

„Jeder kennt einen", sagte sie manchmal, „der einen kennt, der ein Gespenst gesehen hat – aber selber?"

34.

Das Schloß stand nicht nur leer, seit Otto Kulterer es verlassen hatte, es verkam, verrottete. Viele Fenster waren eingeschlagen. Bei vielen Fenstern fehlten die Scheiben. Die hatten anderswo Verwendung gefunden, waren „organisiert" worden, wie man damals sagte.

Irgend jemand – wer? Seltsam: wer? Auf einmal hing es am großen Schloßtor. Hatten es noch die Deutschen hingehängt? Irgend jemand mußte es ja hingehängt haben: ein Schild mit einem grausigen Totenkopf und einer Schrift:

SEUCHENGEFAHR

„Wahrscheinlich der Major, nicht wahr, bevor sie ihn abgeholt haben. Als Gefangenen. Wahrscheinlich. Ist ja ein Stempel drauf."

Die Huturmer kümmerte es wenig. Was daraus zu „organisieren" war, war schon „organisiert", und der Rest war Gerümpel. Und Staub und Fledermäuse. Aber die Amerikaner: Vor nichts hatten sie Angst, vor keiner SS, vor keinem *Wehrwolf* (den es eigentlich nur in der Phantasie des „Führers" gab), vor keinem *Volkssturm* (vor dem hatten nur die Wirtshäuser Angst, daß er ohne „Marken" herzugeben die letzte Wurst wegfraß) – aber! vor Bazillen. Vor Seuchen. Deswegen mußten auch alle Huturmer antreten und bekamen ein weißes Pulver an den Hals gesprüht. Das Trinkwasser schmeckte plötzlich nach Chlor. Sie durchsuchten freilich auch alles. Schlaue steckten ein Kind ins Bett, gaben ihm ein Fieberthermometer in den Mund – sofort machte die US Army *retro*. Vor lauter Angst vor Ansteckung. Aber sonst gründlich, auch und vor allem das *Kurhotel Goldenes Kreuz*, ihr Hauptquartier. Dort fanden sie zwei Ritterkreuze mit daran hängenden Fliegeroffizieren, die sich am Dachboden versteckt hatten. Buchstäblich an den Ohren zogen sie sie heraus, verprügelten sie, trieben sie mit Fußtritten durch die Stadt.

Warum?

Nur so.

„Mit der Haager Landkriegsordnung ist das nicht in Übereinstimmung", wagte Schwelzer dem Colonel zu sagen.

„Sind halt so, die jungen Leute", sagte der Colonel.

Aber sonst waren sie eher freundlich. Und das Schloß durchsuchten sie vor lauter Angst vor der Seuche nur ganz oberflächlich. Schnell und ungründlich.

*

Fräulein Mary Doll zwar ist zu ihrer Enttäuschung kein Gespenst erschienen.

Wohl aber: der Inhaberin der *Pension Bellaria*, und zwar am hellen Mittag –

„Grad' hat's zwölfe g'läutet!"

Bekanntlich ist die Mittagsstunde gespenstermäßig genauso, wenn nicht noch gefährlicher als die Mitternacht.

„Ein Totenkopf hat bei dem Fenster da oben, bei dem linken, was noch Scheiben hat, herausg'schaut, hat dann mit dem knöchernen Finger so g'macht: Psst!!"

„Haben Sie's g'hört? Das *Psst*?"

„Nein, g'hört nicht, aber gesehen. Also ich geh' an der Stelle nimmer vorbei, jedenfalls nicht mittags."

Erst recht nicht, versteht sich, um Mitternacht.

Der Uhrmacher Kaserer dagegen wagte es – und er sah, wenngleich undeutlich, eine Gestalt ohne Kopf hinter den Fenstern. „Könnte allerdings auch nur der Reflex vom Mond gewesen sein."

Der Reflex vom Mond verdichtete sich zunehmend, und nach einiger Zeit wurde kolportiert, daß dem Kaserer der ertrunkene Mönch (leider nicht: St.) Sigisbert entgegengeschwebt sei.

„Nein, nein", versuchte Kaserer gelegentlich zu berichtigen, „nur hinterm Fenster –"

„Wahrscheinlich“, sagte die Witwe Strohschneider, „hat's ihm der Sigisbert nur verboten, es zuzugeben. Bei Todesdrohung. Mit so was ist nicht zu spaßen.“

*

Die *Villa Seeblick* wurde von den Amerikanern geräumt. Schwelzers bezogen sie wieder. Es kam das Frühjahr '46, so langsam normalisierte es sich, und die Hilfsbriefmarken mit dem überstempelten Hitlerkopf verschwanden, und es gab schöne neue. Und Schilling statt „Reichsmark“. Aber da – hier waren sie immer noch, die Amerikaner. Nicht mehr so viele, aber immerhin. Hatten sich ein Lager gebaut unterm Schneckenbichl, ein sehr bequemes aber, förmlich ein Luxuslager. Und was es da alles gab! Zwar, wie gesagt, auch für die Huturmer und überhaupt normalisierte es sich – langsam. Butter schon wieder, soviel man wollte, aber so Sachen wie Erdnuß-Crème oder Zigaretten „– was den Namen verdienen!“ gab es nur dort. An sich für die Bevölkerung unzugänglich, aber durch gewisse Schleusen des Schwarzhandels sickerte dies und das nach außen.

Die betreffenden Herren wohnten im *Kurhotel Goldenes Kreuz* – wurde um die Zeit umbenannt: *Grandhotel Huturm* – logierten, oft als Dauergäste, waren allerdings oft abwesend, verreist, kamen wieder. Manchmal wurde auch einer von der hochrespektierten MP abgeholt: „Military Police“.

Man konnte ja auch nicht so einfach hingehen und sagen: „Bitte eine Stange *Camel.*“ Man mußte das Codewort wissen, mußte so tun, als ginge man da nur zufällig auf und ab. Bis der Herr im Anzug („Friedensqualität“ oder jetzt „Vorkriegsqualität“): „So? Ja, ja“ sagte.

Und so fort.

Schwelzer stieg auf sein Fahrrad (– Auto war noch nicht wieder, kam erst im Herbst –) und fuhr vom Hotel spätabends nach Hause. Er hatte seine Arbeit getan, alles erledigt für heute, war dann noch mit ein paar Gästen zusammengesessen, dann heimgefahren in die Villa.

Schwelzer war ein nüchterner Mann, Geschäftsmann, praktisch, tüchtig.

Und da fuhr er (schon mußte er etwas stärker treten) am Schloß vorbei, da öffnete sich knarzend das Tor – eine riesige Gestalt, undeutlich sichtbar (Neumond war), weiß, ganz weiß –

„Ich hatte den Eindruck“, sagte Schwelzer später, „er oder es oder was fürchtete sich mehr vor mir als ich mich vor ihm.“

„Hast d’ träumt? Warst d’ b’soffen?“

„Nein, nein“, sagte Schwelzer, „nicht geträumt, nicht besoffen.“

Somit war klar: Wenn der Schwelzer, „was ein so ein normaler Mensch ist und mit beide Füß auf der Erd’ steht“, das Gespenst gesehen hat, dann gibt es das Gespenst.

Den ertrunkenen Mönch. Den Sigisbert.

Den der ungesühnte Frevel an seinem Kloster nicht ruhen läßt. Oder so.

„Dann ist auch klar, wer die Äpfel aus dem Lager stiehlt.“

„Und wie bei mir eingebrochen worden ist und kein Geld gestohlen und nichts, nur die Käs’ und die Hartwurst.“

„Mir ist schon lang aufgefallen“, sagte der Chefkoch vom Hotel, „daß aus dem Abfall draußen – und so fort, drin herumgewühlt …“

Das Gespenst. Auch die Amerikaner erfuhren selbstverständlich von dem Gespenst. Die Offiziere kamen oft abends ins Hotel, saßen in der Bar. Manche konnten gut Deutsch. Mancher konnte besser Deutsch als Englisch …

Deutsch? „Wir waren nie Deutsche.“ „Waren Opfer.“ „Sind und waren Österreicher.“ *Deutsch?* In der Schule gab es kein Unterrichtsfach: *Deutsch.* Nein. Wie dann? *Österreichisch?* Wirkt ein bißchen blöd. So steht also in den Zeugnissen – die Schule hat ja auch wieder angefangen, die herrlichen Ferien von Februar bis Oktober waren vorbei –: *Unterrichtssprache* (!): Genügend (zum Beispiel). Im Fach *Erinnerung* hätte bei fast allen stehen müssen: Nicht genügend.

… zum Beispiel der Lieutenant Bloomstock. Die Herren Offiziere gehörten schon zur Befindlichkeit der Stadt. Spielten sogar Karten, der eine oder andere ging am Sonntag in die Messe, und so weiter.

Die Herren in den Vorkriegsanzügen saßen auch in der Bar. Wo sonst? Allerdings etwas weiter weg von den Offizieren. Meist. Nicht immer.

Aber davon soll hier nicht die Rede sein, sondern von einem Gespräch, bei dem die Rede auf das Gespenst kam. Drei Offiziere saßen da mit dem Hotelier Schwelzer, dem Dr. Niederle (der mit dem Gedanken spielte, sich endlich zur Ruhe zu setzen, bald würde der Sohn soweit sein) und noch ein paar Herren: drei Offiziere – der eben genannte Lieutenant Bloomstock, ein Lieutenant Davies und Sergeant Mac Leod *selig*. Womit man schon alles weiß.

Ja. Mac Leod tönte: Er fürchte sich nicht, vor nichts, vor Gott nicht und nicht vor dem Teufel und vor so einem Gespenst schon gar nicht.

Wetten?

Wetten!

Er bleibe eine Nacht im Schloß. Aber wehe! Er habe die geladene, entsicherte Pistole bei sich. Ja keine Witze! Er schieße sofort. Ohne Warnung. Nicht daß einer meint, einen Scherz – Leintuch umgehängt und so. Im Ernst: Er schieße sofort.

Der große Saal im Schloß war leer. Das Parkett herausgerissen schon längst. Voll Staub, heruntergerieseltem Kalk et cetera. Nur ein großer, schwerer, alter Schrank stand im Saal, der war wohl für die Plünderer zu schwer gewesen, um ihn mitzunehmen. Was fängt man auch an mit so einem Schrank.

Als die Militärpolizei, die Military Police, am nächsten Tag, nachdem Sergeant Mac Leod nicht mehr aufgetaucht war, vorsichtig das Schloß betrat – zwei Mann mit Maschinenpistolen im Anschlag –, fanden sie den Schrank umgekippt und darunter schrecklich zugerichtet den toten Mac Leod.

Die Welt blieb für einen Augenblick stehen – in Huturm. Es ging um einen Angehörigen der Besatzungsmacht. Da hört sich der Spaß auf. Huturm duckte sich: Was wird passieren? Kein Kartenspiel, keine Offiziere mehr im Grandhotel. Igelten sich die Amerikaner in ihrem Lager ein? Die – neue, österreichische – Polizei verhielt sich abwartend: Sollte sie? Sollte sie nicht? War es eine reine Angelegenheit der Amerikaner?

Nach einigen Tagen sperrte die US Army, sogar Verstärkung war gekommen, *schweres Gerät*, den Schloßkomplex ab (ohne ihn zu betreten NB!): OFF LIMITS. Aber es hätte eh kein Huturmer gewagt, da einzudringen.

Dann im weiten Umkreis ums Schloß evakuiert. Dann schossen sie: gleichzeitig Zielübung für das *schwere Gerät*. Einen halben Tag lang dröhnte es, Schuß auf Schuß. Die Mauertrümmer flogen, Staub, Rauch. Mittagspause. Dann noch einen halben Tag. (Die in der Umgebung, war nicht zu verhindern, zerdepperten Scheiben, abgedeckten Dächer, die weggeflogenen Späne, halt, wenn gehobelt wird, das alles wurde sogar von der US Army ersetzt – „und vermutlich auf Besatzungskosten verrechnet“, so Schwelzer.)

*

Wem gehörte das Schloß? Die Trümmer also jetzt? Dem Otto Kulterer sicher nicht. Dem Fürsten? Welchem Fürsten? Die Fürstin-Witwe war tot. Töter als tot, die Gruft, der Sarkophag, alles zerdeppert. Staub zu Staub im buchstäblichen Sinn. Der Sohn? Kein Mensch wußte, wo dieser Sohn war. „Wie hat er geheißen?“ „Irgendwie Franz Xaver Sowieso.“ Aber dem konnte es schon deshalb nicht mehr gehören, weil es doch schon längst der französische Weinhändler gekauft hatte. Seit 1939 Feind, deshalb als Feindvermögen eingezogen: „Zugunsten des Reiches“ stand im Grundbuch.

Aber wo war das *Reich* jetzt? Da gibt es eine Oper, da heißt es: „... zerging in Dunst / das heil’ge röm’sche Reich ...“ Das heil’ge Röm’sche war schon längst in Dunst zergangen, jetzt auch das unheilige, das *Dritte*. Der ziemlich grau gewordene unheilige Dunst lag da draußen vor der Grenze, nur noch Dunst – drüben von Freilassing weg hinaus. Man konnte ihn in Salzburg noch riechen.

In Huturm nicht mehr, zu weit weg von der Grenze, Gott sei Dank.

Wem also? Dem Pater Sigisbert im See?

Gehörte es wieder dem Franzosen? Der war tot. *Collaborateur*, hatte mit den Deutschen techtelgemechtelt. Aufgehängt 1944. War übrigens ein Irrtum. Der Collaborateur hieß *Durand* – der Weinhändler *Durant*. Ein tödliches weiches d.

Letzten Endes, die Huturmer kümmerte es nicht, was da in den bündelweisen Gutachten, Gegengutachten, Verfügungen, Aktennotizen, sanktioniert, approbiert, registriert, signiert, contrasigniert war, jedenfalls kaufte das Grundstück samt Trümmern der Schwelzer. Von wem? Vom Sigisbert nicht. Er ließ die Trümmer wegräumen, das Terrain applanieren. Schon kamen ja wieder die ersten Touristen: Holländer, zum Beispiel. „Sehen gern die Berge", sagte der alte Pfarrer Schmied, tat sich schon schwer mit dem Gehen, konnte das Niederknien beim Messelesen nur noch andeuten, war aber noch ganz hell im Kopf wie immer, schimpfte auf „die da oben" wie immer, wobei er nicht nur, gar nicht nur die weltliche Obrigkeit meinte, „sehen gern die Berge, die Holländer. Sie haben ja selber keine. Die höchsten Erhebungen in Holland sind die Holländer."

Was kam da zum Vorschein unter den Trümmern, so gut wie unversehrt, nur ein paar winzige Stücklein abgesplittert:

– die große Klosettschüssel in Form eines Löwenkopfes, die der damalige Fürst für das kleine „Kabinett" eigens anfertigen ließ, in das sich der Kaiser bei seinem Besuch damals zurückziehen konnte, wenn es notwendig war. Ja, solche Wunder gibt es. Der Schwelzer ließ es dann später in die Suite No. 1 des neuen *Super Grandhotels Schwelzer* einbauen, das auf dem Grund dort errichtet wurde.

Ja, und noch etwas wurde gefunden: zwei stark deformierte Leichen, an denen Reste deutscher Luftwaffen-Uniformen klebten.

*

Dem schon lange kopflosen heiligen Florian riß es bei der ganzen Schießerei den Körper weg bis auf Höhe der Knie: So standen da zwei Stiefel, aus denen je eine Armierungsstange ragte, und daneben ein kleines brennendes Haus, in das aus einem Kübel steinernes Wasser geschüttet wurde, aus einem Kübel, den niemand hielt.

„Muß endlich repariert werden", hieß es im Rat der Stadt.

35.

Sie hießen zwar zum Beispiel *10th Mounted Cavalry*, aber Pferde hatten sie nicht dabei. Die Pferde der US Army, die sie hielt, weil die Tradition doch hochgehalten werden sollte und weil man sie manchmal für militärische Beerdigungen brauchte, grasten friedlich in den großen Armee-Gestüten in Arizona.

Und so fiel – wir gönnen es ihm – der Oberleutnant Friedrich Guggemot, ziviliter Dr. Friedrich Guggemot, auf die Butterseite. (Obwohl in englische Gefangenschaft geraten, war er aus irgendwelchen Gründen in die amerikanische transferiert worden.) „Wer kann reiten?" hatte der Lagerälteste im Offiziers-Camp des Kriegsgefangenen-Lagers XXIII geschrien. Nach dem Grundsatz, daß, wenn ein möglicher Vorteil winkt, unbedingt „Ja!" resp. „Ich!" geschrien werden sollte, schrie Guggemot: „Ich."

„Sind Sie schon geritten?"

„Jawohl." Jawohl: im Prater im Hippodrom im Kreis herum.

Die deutschen kriegsgefangenen Offiziere sollten, so überlegte das zuständige US-Kommando, sich nützlich machen und die Pferde bewegen. Pferde müssen bewegt werden, ausgeritten und so fort, sonst verrosten sie, bildlich gesprochen. Guggemot lernte es schnell. Und so ritten sie – Bewachung war überflüssig, wohin hätten sie entkommen sollen? Außerdem: blöd wären sie gewesen – ritten sie in die Prärie hinaus, auf den edlen Pferden der *US Mounted Cavalry*, ritten in die untergehende Sonne hinein durch die unendlichen Savannen des schönen Arizona. Die Satteltaschen voll mit *Corned Beef* und Weißbrot und auch ein Fläschchen Bourbon. Übrigens alles freiwillig. Laut Haager Landkriegsordnung durften gefangene Offiziere nicht zur Arbeit gezwungen werden. Man hielt sich daran, jawohl, auf beiden Seiten.

Auf der Butterseite. Was kümmerte das weiße *PW* (Prisoner of War), das hinten auf Hemd und Jacke genäht war. Und der Gedanke daran, manchmal, an die, die nicht auf die Butterseite gefallen waren, die an der „Ostfront" gefangen genommen waren. Die ritten nicht. Die nicht. Die hatten kein Corned Beef in der Satteltasche. Die hatten nicht einmal eine Satteltasche.

Je – nun. Aber was half dieser triste Gedanke. Soll man deswegen auf die Butterseite verzichten?

„Reiten, reiten, reiten ..." erinnerte sich Guggemot gelesen zu haben: Rilke? Ja, glaublich.

Nicht genug damit. Sie durften auch Sport betreiben. Sport gehört für die Amerikaner irgendwie immer dazu, und sie wären sich unmenschlich vorgekommen, hätten sie es den gefangenen *Krauts* verwehrt, Sport zu treiben. Sogar Tennis. Wenn Guggemot nicht ritt, spielte er Tennis. Er gewann fast das Turnier gegen den Tennisclub der Offiziere der Bewachereinheit, scheiterte im Halbfinale. Sie, die Gefangenen, mußten aber auch die Plätze in Ordnung halten. (Die Ställe ausmisten mußten die gefangenen Offiziere nicht, auch nicht die Pferde striegeln. Das taten abkommandierte PWs im Mannschaftsrang. Ordnung muß sein.) Zum Beispiel die *lines* neu ziehen, die weißen Striche. Es fehlte einmal am Kreidepulver.

Zu blöd. Und morgen wieder Turnier.

Da nahmen sie Mehl. War mehr als genug davon da in den Küchen.

„Europa hungerte", sagte später Guggemot, als er das ganze erzählte, „und wir zogen die *lines* auf dem Tennisplatz mit Mehl."

Die Welt ist ungerecht.

Ein bissiger Reporter allerdings, der einmal kam und im Offiziers-Camp herumschnüffelte, schrieb dann einen Artikel, in dem er sich darüber aufregte, daß die *Krauts* wie die Südstaaten-Herren herumritten – daraufhin wurde das abgestellt. Aber das war eh kurz bevor Guggemot entlassen wurde.

*

Arizona – Entlassungs-Camp (für Wieder-Österreicher) in Washington D. C. – „nicht gerade ein Luxus-Liner: die *Appomatox*", nach der Verwöhn-Gefangenschaft naserümpfend – Cherbourg – Entlassungs-Lager Dachau, der Name der Stadt geläufig, sie wird noch lang darunter zu leiden haben, obwohl sie selbstredend nichts dafürkann.

„Wohin wollen Sie entlassen werden?"

Die nach den Regeln der Haager Landkriegsordnung gestattete Kriegsgefangenen-Post, ein Brief an Frau Guggemot, an die Wiener Adresse, war zurückgekommen: *Unbestellbar* (das war ein Stempel) und mit der Hand dazugeschrieben: „Haus zerstört." Ein Brief an die Schwester in Huturm wurde beantwortet, aber von Frau Erna Guggemot in Wien, Alser Straße, hatte auch die Schwester keine Nachricht. Nur soviel: das Haus zerstört, Bombenvolltreffer, Frau Erna Guggemot unversehrt, da bei Verwandten in der Steiermark. Seither kein Laut mehr.

„Huturm."

„Haben Sie dort Angehörige?"

„Schwester und Schwager."

*

Es war wieder Herbst. Die Lärchen golden und rot verfärbt, als wäre nie Krieg gewesen. Und die Schwester war erstaunt, als sie feststellte, daß der Bruder nicht aufgepäppelt werden mußte.

„Habt ihr 'was von Erna gehört?"

„Nein."

Nach ein paar Tagen meldete er sich beim Oberlandesgericht, fuhr dann in die Landeshauptstadt und so fort. Als einer der wenigen, die sich geweigert hatten, Kriegsgerichtsrat zu werden, der noch dazu nicht in der „Partei" gewesen war, nicht einmal im *NS-Rechtswahrer-Bund*, wurde ihm angeboten, ins Justizministerium überzuwechseln. Guggemot war gern Richter gewesen, hatte immer das Gefühl gehabt, ein klein wenig zum Frieden in der Gesellschaft beizutragen. Ob er das Gefühl auch im Justizministerium haben würde? Er nahm dennoch an: Ministerialrat Dr. Guggemot. (Später auch noch Sektionschef.) Er übersiedelte nach Wien. Er forschte nach seiner Frau. Vergeblich.

Da war er schon ein halbes Jahr in Wien, als er auf einem Plakat las:

Erna Schuhlein, Jodelkönigin
Sophiensaal
Wien III., Marxergasse

Er ging hin. wartete am Bühneneingang.

„Ach – Fritz – du?“

„Ja. Du jodelst?“

„Ja. Warst du in der Vorstellung?“

„Ja. Sehr schön. Gratuliere. Und wer ist der Herr da?“

„Oh, verzeih. Darf ich vorstellen: Herr Horliwik. Mein Impresario – Herr Dr. Guggemot.“

„Sehr erfreut.“

„Sehr erfreut. Du, Erna, wir … wir sind verheiratet.“

„Ach so. Ja, richtig.“

„Dann noch einen schönen Abend. Kompliment, Erna. Gute Nacht, Herr – wie war der Name?

„Horliwik.“

*

Wenig später wurde die Ehe geschieden. Guggemot besuchte auch keinen Auftritt der Jodelkönigin Erna Schuhlein mehr.

36.

Er kam zu Fuß vom Bahnhof, und der alte Schwelzer, der alte *Herr* Schwelzer, Seniorchef inzwischen, erkannte ihn sofort, wußte allerdings den Namen nicht mehr.

„Oschatz", half ihm der Dichter auf die Sprünge, „Wolfgang Johannes Oschatz."

Zunächst hatte der Junior das neue Hotel übernommen; der einzige Sohn, überhaupt das einzige Kind der Barbara Guggemot verehelichte Schwelzer und des tüchtigen Kochs und späteren Chefs Benedikt Schwelzer, Friedrich hieß der Sohn, der Juniorchef, wie der Großvater, der verewigte Kommerzialrat. (R. I. P. auf dem neuen Friedhof draußen, förmlich ein Mausoleum, was die Guggemot-Schwelzer da hingestellt haben.)

Dann hatten sich die alten Schwelzers in die *Villa Seeblick* zurückgezogen, den ganzen Betrieb dem Sohn übergeben, dem Fritz. Der hatte ein gewisses Fräulein Dorner geheiratet, Susanne. „Geld will zu Geld", sagten sie in Huturm. Zwei Hotels in München, eins in Garmisch und noch eins irgendwo im Schwarzwald. Vier Kinder, zwei Söhne, zwei Töchter. Es hieß allerdings keiner der Buben Friedrich. Doch schon, der ältere, der Klaus, allerdings nur mit dem zweiten Vornamen.

Aber ab und zu war der alte Schwelzer, der alte *Herr* Schwelzer, der Senior, doch noch unten. Es paßte ihm nicht alles, wie es der Junge so machte, hielt manches für Blödsinn, mußte aber zugeben, ungern, daß es gut ging, sehr gut sogar, steil aufwärts.

„*Sauna*! Blödsinn", brummte der Alte, „schwitz' ich im Sommer genug." Tennisplatz? „Sinnlos einem weißen Ball nachrennen?" Und was das alles kostet!

Aber im großen und ganzen doch friedvolles Miteinander der Generationen.

Und auch der Schwager kam oft. Selten mit der gleichen Dame wie das letzte Mal, der Herr Sektionschef, inzwischen auch „i. P.“. Er hatte seinen Erbanteil (wurde ganz kommod und ohne Gekeif geregelt) als *Stiller Teilhaber* wieder in den Betrieb zurückgesteckt, bekam jährlich seine Dividende. Sein Sektionschef-Gehalt war schon fast nur noch das Taschengeld. Er konnte sich große Reisen und eine Kunstsammlung leisten. Und kostspielige Damen.

Zweimal, glaublich, war er auch noch verheiratet, kurz. Im übrigen galt das, was der alte k. u. k. Korvettenkapitän i. R. Edler von Plumeshoff sagte, Stammgast schon vor dem Krieg, inzwischen so etwas wie ein Freund des Hauses: „Der Herr Sektionschef lebt, was diese delikaten Dinge anbetrifft, sozusagen *à la carte.*“

Zufällig war der Senior da, als der Dichter Oschatz in die Rezeption rumpelte. Schöner war er nicht geworden seit damals, der Dichter mit dem Mopsgesicht, der jetzt hinter seiner Schubertbrille den Seniorchef anblinzelte: „Ich komme, um mein Manuskript zu holen.“

„Ihr Manuskript?“

„Sie erinnern sich doch hoffentlich“, dem Dichter stieg ein fürchterlicher Verdacht auf, der sich bald zur Gewißheit verdichten sollte, „Sie erinnern sich doch!“

„Ach so“, sagte Schwelzer.

„Sie haben es doch hoffentlich …“

„Wie wir“, unterbrach ihn Schwelzer, „die Hitlerbilder und *Mein Kampf* und so, man wußte ja nicht, was alles passieren kann, eingeschürt haben –“

„Auch mein Manuskript!?“ schrie Oschatz.

„Jetzt beruhigen Sie sich. Was Sie damals vorgetragen haben, bei der Truppenbetreuung …“

„Sie haben!“ keuchte er, „unfaßbar.“

„… das war doch alles ziemlich völkisch, vorsichtig ausgedrückt. Und womöglich hätte man gemeint, das Zeug da, was in Ihrem Manuskript steht, hätte ich geschrieben …“

„Unfaßbar!!!“

„Tut mir leid."

„So. Tut Ihnen leid. Und gerade da, in diesem damals wohlweislich ...", der Dichter setzte sich – ohne Aufforderung – mit zitternden Knien in einen der Fauteuils, „... unter Verschluß gehaltenen Werk habe ich zu meinen christlich-demokratischen Wurzeln zurückgefunden."

„Darf ich Ihnen einen Kaffee anbieten?"

„Einen Kaffee!", der Dichter sprang auf, „einen Kaffee! Sie wagen es! Einen Kaffee anzubieten ..."

Schwelzer später: Er habe befürchtet, der Dichter springe ihm jetzt und jetzt an die Gurgel. „Ferdl!" rief er daher. Der Hausknecht kam, wischte sich grade seine schaufelgroßen Hände an der grünen Schürze ab. „Ja? Chef?"

„Der Herr da möchte sich verabschieden."

Da packte der Dichter Wolfgang Johannes Oschatz schnell seine dicke Aktentasche und wartete die großen Hände des Ferdl nicht ab. „Mir kommt vor", sagte Ferdl, „er hat geweint. Kommt mir vor."

Wenn der alte Schwelzer die Sache später erzählte (gern und oft), fügte er immer hinzu, daß das Komischste an der Sache gewesen wäre, wie die Ohren des Dichters – „rätselhaft, rätselhaft" – vor Aufregung größer geworden seien und deutlich gezittert hätten, und zwar nicht gleichmäßig, sondern gegenläufig.

37.

Er saß immer, wenn es nicht zu stark regnete oder im Winter zu kalt war, da draußen auf der vom *VV Huturm* (VV – Verschönerungs-Verein, Vorsitzender: Fritz Schwelzer) aufgestellten Bank. Sie stand auf einer leichten Anhöhe unter einem Baum mit freier Sicht. Man sah weit hinaus von der Stelle, sah die Bahnlinie, die Straße nach Norden, die Straße nach Osten in die Berge hinein. Längst schon lebte er im Altersheim, war noch rüstig, der komische Alte, der Gseller, der aus dem Ersten Weltkrieg (so mußte man jetzt sagen, zur Unterscheidung vom Zweiten) als Hirnkrüppel zurückgekommen war. „Der Sohn vom alten Gseller, vom Friseur, können Sie sich nimmer erinnern? Asoja, war vor Ihrer Zeit. Der Friseur Gseller. Dort hat er sein G'schäft gehabt in dem Haus, wo jetzt das *Sport und Freizeit* ist."

Neugierig wie eine Katze saß der Alte da oben, beobachtete alles, lachte manchmal vor sich hin. Er hatte von dort aus den Abzug der Amerikaner beobachtet. „Österreich ist frei!" hatte es aus dem Radio geklungen.

Großer Jubel.

(„Der Jubel am *Heldenplatz* war größer", sagte der Dr. Niederle.)

Aus Huturm waren nicht viele abgezogen, weil nicht mehr viele da waren, waren nach und nach weniger geworden. Aber von weit her fuhren die Kolonnen vorbei, winzig klein zu sehen von hier aus, Lastwagen um Lastwagen, „schweres Gerät", die Panzer auf Tiefladern, man wollte ja die schönen neuen Straßen nicht ruinieren. Stunden um Stunden, ein Dröhnen in der Luft.

Es war ein schöner, ein heißer Sommertag. Es kann sehr heiß werden im Sommer in Huturm. Die Hitze mit Händen zu greifen, zitternd über dem See. Die Bank stand im Schatten des Baumes. Die Luft summte: „– ein Baldachin regloser Dauer …"

Der junge Mann setzte sich zum Gseller. Er hatte so eine Art Seesack bei sich.

„Hello! Ich bin Dugg.“

Der Alte schaute groß. „So“, sagte er dann.

„Wer bist du?“

Der junge Mensch sprach gut Deutsch, aber mit deutlichem Akzent. Wie alt mochte er sein? Siebzehn? Achtzehn?

„Der Kasanober“, sagte Gseller. Er sagte die unglaublichsten Namen, wenn man ihn fragte, wie er heißt.

„Oh! Hello Kasanober, nice day this day, isn't it?“

„Was sagst?“

„Schöner Tag.“

„Ja. Schöner Tag.“

Eine Weile saßen sie da: stumm.

Dann der Alte: „Wo kommst 'n her?“

„Amerika. Colorado.“

„Kolorädo. So. Aha. I bin vo' Huturm. Und was machst d' da? Dahier?“

Dugg erzählte, daß er mit einer Jazz-Band im Austausch mit dem *GYA* nach München gekommen sei –

„Tschiwai – äi?“

„Jugendaustausch.“ (Schweres Wort, aber Dugg meisterte es. *German Youth Association* hieß das.)

In Amerika lebte er bei seiner Mutter. Seine Eltern seien getrennt, den Vater habe er schon lang nicht mehr gesehen. Zwei Schwestern: die eine in Chicago, die andere irgendwo in New Jersey verheiratet. Mit dem Freund der Mutter sei nicht gut Kirschen essen – „it's best not to tangle with him“, sagte er, der Alte verstand den Tonfall.

Aber oft hätte er mit seiner Mutter deutsch gesprochen. Sie sei eine Deutsche, eigentlich. Deshalb habe er sich für den Jugendaustausch (wieder das schwere Wort) nach Deutschland gemeldet.

„Hier ist nicht Germany? Nein? Austria, richtig. Großer Unterschied?“

„Ja. Das heißt: nein."

Sein Vater sei aus Austria.

„Und wie heißt dein Vater?"

„Fieldworth."

„Kein österreichischer Name."

„Nicht?"

„Nein. Dann heißt du auch Fieldworth?"

„Ja. Douglas S. Fieldworth. Aber nenn' mich ruhig Dugg. All my friends call me Dugg."

Seine *friends* von der Jazz-Band, die aber leider auseinandergegangen sei. Er sei *getrampt*. In Amerika sei das leichter, da nehme einen jeder mit, sofort. Aber hier – na ja, es habe dann doch einer gehalten. Dugg habe ihm den Zettel gezeigt, den ihm der Vater einmal gegeben habe, vor Jahren: HUTURM. Den habe er dem Mann im Auto gezeigt, der angehalten, ihn mitgenommen habe.

„Hjut-türm", sagte er.

„Huturm", sagte der alte Gseller.

„Ah." Mühsam genau: „Huturm."

Da, sagte der junge Mann, habe sein Großvater ein Schloß gehabt, „– a large castle".

„In Huturm gibt's kein Schloß. Kein Schloß nicht mehr. Früher, viel früher hat's ein Schloß gegeben. Jetzt nicht mehr."

„Schade", sagte Dugg, faltete den Zettel zusammen, steckte ihn ein.

„Ja dann, alter Kasanober, good luck!"

„Lack? Das ist ein See und keine Lack", er zeigte hinunter. Dugg verstand nicht, tippte aber an seine Mütze, nahm seinen Seesack, warf ihn über die Schulter und ging hinunter zur großen Straße.

Stellte sich hin, hob den Daumen, wenn ein Auto vorbeifuhr.

Ein Cabriolet hielt. Schwelzer, der Juniorchef, fuhr zum Golfplatz, auch das gab es jetzt in Huturm. Bis dahin nahm er ihn mit, erklärte ihm dann, daß er nur fünf Minuten zu gehen brauche, dann komme er an die Fernstraße …

Dugg kramte während der Fahrt in seinem Seesack, kramte ein Päckchen heraus, in dem noch eine einzige Schnitte Zwieback war.

„Ist das alles, was du dabeihast?"

Dugg lachte.

„Hast Hunger?"

Dugg lachte.

„Hast nicht viel Geld?" Dugg lachte und zuckte mit dem Kopf bei hochgezogenen Brauen.

Sie stiegen aus.

„Weißt was, da hast fünfzig Schilling."

„Thanks", sagte Dugg und ging in die Richtung, die Schwelzer ihm zeigte.

Schwelzer schaute ihm nach, dachte an die vielen Kaugummis, die die „Amis" ihm geschenkt hatten, damals.

Damals.

TransferBibliothek **Folio Verlag**

Sämtliche Bände 13,5 x 21 cm

E. Y. Meyer **Bd. LXIX**
Eine entfernte Ähnlichkeit. Eine Robert-Walser-Erzählung
Gebunden mit Schutzumschlag, 122 S., ISBN 3-85256-341-0

Iain Galbraith **Bd. LXX**
Intime Weiten. XXV schottische Gedichte
Franz. Broschur, 126 S., ISBN 3-85256-346-1

Michael Hamburger **Bd. LXXII**
Pro Domo. Selbstauskünfte, Rückblicke und andere Prosa
Franz. Broschur, 213 S., ISBN 3-85256-344-5

Giuseppe Zigaina **Bd. LXXIII**
In die Lagune. Erzählungen
Gebunden mit Schutzumschlag, 169 S., ISBN 3-85256-347-X

Dmitri Prigow **Bd. LXXIV**
Moskau-Japan und zurück
Gebunden mit Schutzumschlag, 271 S., ISBN 978-85256-360-2

Gerhard Ruiss/Oswald von Wolkenstein **Bd. LXXV**
Und wenn ich nun noch länger schwieg'
Gebunden mit Schutzumschlag, 190 S., ISBN 978-3-85256-359-6

Emilio Lussu **Bd. LXXVI**
Marsch auf Rom und Umgebung
Gebunden mit Schutzumschlag, 224 S., ISBN 978-3-85256-365-7

Josef Oberhollenzer **Bd. LXXVII**
Großmuttermorgenland
Gebunden mit Schutzumschlag, 108 S., ISBN 978-3-85256-379-4

Anita Pichler **Bd. LXXVIII**
Flatterlicht
Gebunden mit Schutzumschlag, 184 S., ISBN 978-3-85256-380-0

Drago Jančar **Bd. LXXIX**
Katharina, der Pfau und der Jesuit
Gebunden mit Schutzumschlag, 472 S., ISBN 978-3-85256-374-9

Michel Deguy **Bd. LXXX**
Gegebend. Gedichte
Franz. Broschur, 160 S., ISBN 978-3-85256-398-5

Bora Ćosić **Bd. LXXXI**
Die Vogelklasse. Prosa
Gebunden mit Schutzumschlag, 96 S., ISBN 978-3-85256-399-2

Giuseppe Zigaina **Bd. LXXXII**
Mein Vater, der Widder
Gebunden mit Schutzumschlag, 152 S., ISBN 978-3-85256-400-5

Ernst von Glasersfeld **Bd. LXXXIII**
Unverbindliche Erinnerungen
Gebunden mit Schutzumschlag, 232 S., ISBN 978-3-85256-401-2

TransferBibliothek — Folio Verlag

Sämtliche Bände 13,5 x 21 cm

Lászlo Márton — Bd. LXXXIV
Das Versteck der Minerva. Roman
Gebunden mit Schutzumschlag, 234 S., ISBN 978-3-85256-445-6

Vincenzo Consolo — Bd. LXXXV
Palermo. Der Schmerz. Roman
Gebunden mit Schutzumschlag, 232 S., ISBN 978-3-85256-446-3

Gerhard Ruiss/Oswald von Wolkenstein — Bd. LXXXVII
Herz, dein Verlangen. Lieder, Nachdichtungen. Band II
Gebunden mit Schutzumschlag, 152 S., ISBN 978-3-85256-448-7

Maria E. Brunner — Bd. LXXXVIII
Indien. Ein Geruch
Gebunden mit Schutzumschlag, 88 S., ISBN 3-85256-474-6

Herbert Rosendorfer/Kay Voigtmann — Bd. LXXXIX
Der Gnadenbrotbäcker. Ein Bilderbuch der Unberufe
Gebunden mit Schutzumschlag, 96 S., ISBN 3-85256-475-3

Manfred Peters (Hg.) — Bd. XC
Seitensprünge. Literatur aus deutschsprachigen Minderheiten in Europa
Gebunden mit Schutzumschlag, 253 S., ISBN 3-85256-476-0

Michael Hamburger — Bd. XCI
Letzte Gedichte
Franz. Broschur, 180 S., ISBN 3-85256-477-7

Andrej Blatnik — Bd. XCII
Ändere mich. Roman
Gebunden mit Schutzumschlag, 220 S., ISBN 3-85256-494-4

Martin Kubaczek — Bd. XCIV
Sorge. Ein Traum. Roman
Gebunden mit Schutzumschlag, 280 S., ISBN 3-85256-497-5

Luis Stefan Stecher — Bd. XCV
Korrnrliadr. Gedichte in Vintschger Mundart
Neuausgabe. Gebunden mit Schutzumschlag, 124 S., ISBN 3-85256-475-3

Michael Hamburger — Bd. XCVI
Baumgedichte
Neuausgabe – zweisprachige Ausgabe. Fr. Broschur, 64 S., ISBN 978-3-85256-503-3

Michael Hamburger — Bd. XCVII
Aus einem Tagebuch der Nichtereignisse
Neuausgabe – zweisprachige Ausgabe. Fr. Broschur, 144 S., ISBN 978-3-85256-504-0

Josef Oberhollenzer — Bd. XCIX
Der Traumklauber. Eine Erzählung in 52 Träumen
Gebunden mit Schutzumschlag, 128 S., ISBN 978-3-85256-510-1

TransferBibliothek **Folio Verlag**

Sämtliche Bände 13,5 x 21 cm

Gerhard Ruiss/Oswald von Wolkenstein **Bd. C**
So sie mir pfiff zum Katzenlohn. Lieder. Nachdichtungen. Band III
Gebunden mit Schutzumschlag, 174 S., ISBN 978-3-85256-527-9

Drago Jančar **Bd. CI**
Der Baum ohne Namen. Roman
Gebunden mit Schutzumschlag, 329 S., ISBN 978-3-85256-529-3

Herbert Rosendorfer **Bd. CII**
Letzte Mahlzeiten. Die Aufzeichnungen des königlich bayrischen Henkers Bartholomäus Ratzenhammer
Gebunden mit Schutzumschlag, 134 S., ISBN 978-3-85256-529-3

Toni Bernhart (Hg.) **Bd. CIII**
Johann Herbst: Das Spiel vom Eigenen Gericht
Franz. Broschur, 128 S., ISBN 978-3-85256-535-4

Ferruccio Delle Cave/Martin Hanni (Hg.) **Bd. CIV**
Lyrik im Gespräch. Der Lyrikpreis Meran
Gebunden mit Schutzumschlag, 120 S., ISBN 978-3-85256-530-9

Maxi Obexer **Bd. CV**
Wenn gefährliche Hunde lachen. Roman
Gebunden mit Schutzumschlag, 165 S., ISBN 978-3-85256-555-2

Bora Ćosić **Bd. CVI**
Im Ministerium für Mamas Angelegenheiten
Gebunden mit Schutzumschlag, 160 S., ISBN 978-3-85256-559-9

Martin Kubaczek **Bd. CVII**
Die Knie meiner Mutter und mein Vater im Krieg
Gebunden mit Schutzumschlag, 160 S., ISBN 3-85256-557-6

Klemens Renoldner **Bd. CVIII**
Lilys Ungeduld. Roman
Gebunden mit Schutzumschlag, 261 S., ISBN 978-3-85256-577-4

Drago Jančar **Bd. CIX**
Nordlicht. Roman
Gebunden mit Schutzumschlag, 261 S., ISBN 978-3-85256-576-7

Georg Paulmichl **Bd. CXI**
Nirgendwo. Zweisprachige Ausgabe
Gebunden mit Schutzumschlag, ca. 96 S., ISBN 978-3-85256-579-8

Gerhard Ruiss/Oswald von Wolkenstein **Bd. CXII**
Lieder. Nachdichtungen. Gesamtausgabe in drei Bänden
3 Bände im Schuber, ISBN 978-3-85256-524-8

Roberta Dapunt **Bd. CXIII**
Nauz. Gedichte und Bilder
Gebunden mit Schutzumschlag, ca. 64 S., ISBN 978-3-85256-582-8

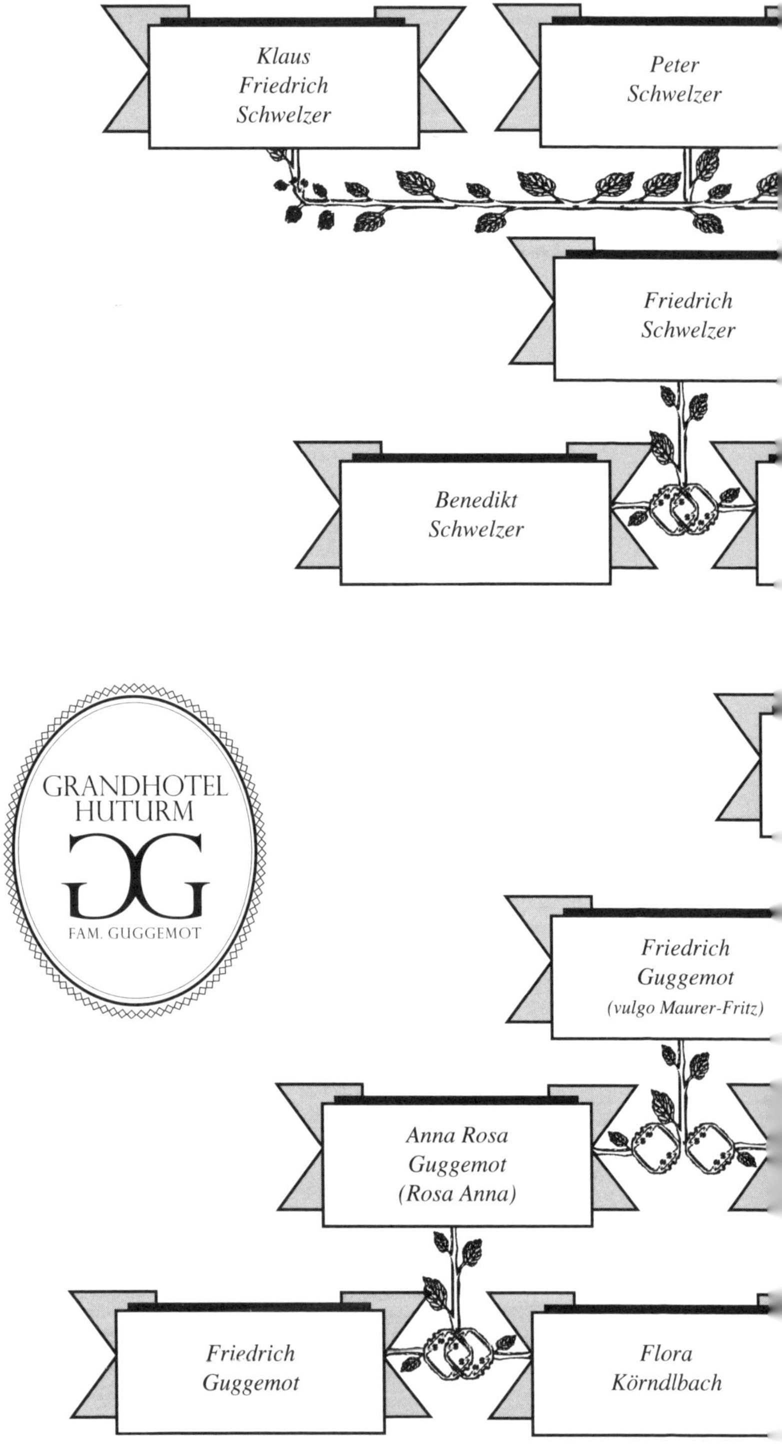
Klaus Friedrich Schwelzer
Peter Schwelzer
Friedrich Schwelzer
Benedikt Schwelzer
GRANDHOTEL HUTURM
GG
FAM. GUGGEMOT
Friedrich Guggemot (vulgo Maurer-Fritz)
Anna Rosa Guggemot (Rosa Anna)
Friedrich Guggemot
Flora Körndlbach